Xiron Poetry Club
磨铁读诗会

U0874358

中国先锋诗歌年鉴

2018 卷

沈浩波 编

ANTHOLOGY OF AVANT-GARDE CHINESE POETRY

中国青年出版社

目录

2018中国年度诗人

2018年度中国十佳诗人

2018年度中国最佳诗歌100首

2018年度中国先锋诗歌年选

辑一　自有癫狂一面

辑二　灵魂的品格

2018年度中国先锋诗歌资料小集

文本细读

诗人论

诗话

2018中国年度最佳诗人

磨铁诗歌奖

2018年度中国最佳诗人

盛兴

盛兴，诗人。1978年生于山东莱芜市口镇，出版有诗集《安眠药》等。

“磨铁诗歌奖·2017年度诗人大奖”的最终决选非常激烈，阿吾、轩辕轼轲、侯马、马非一直较量到最后一刻。2018年度的终选没有这么紧张刺激，在“磨铁诗歌奖·2018年度中国十佳诗人”的评选过程中，我们就已经非常清楚地看到，有两位诗人最应该成为“磨铁诗歌奖·2018年度诗人大奖”的获得者。

但年度诗人只能有一位，这是“磨铁诗歌奖”的规则。对于2018年来说获奖的人，不是徐江，就是盛兴！我认为这两位就是2018年整体表现最杰出的诗人。

如果把“年度诗人大奖”颁给徐江，那“磨铁诗歌奖”一定是在表彰徐江诗歌中的人文精神和文明含量。我们也确认有必要不断指出和强调这一点，指出这种人文精神和文明含量对于当代诗歌的意义。

如果把“磨铁诗歌奖·2018年度诗人大奖”颁发给盛兴，那“磨铁诗歌奖”一定是在表彰盛兴诗歌中尖锐陡峭的先锋意志和其建构自身诗体的美学创新能力。

毫无疑问，两位都有非常重要的获奖理由。这种重要的获奖理由，也正是他们之所以能成为我们时代重要诗人的理由。

最后，我宣布“磨铁诗歌奖·2018年度诗人大奖”的获得者是——诗人盛兴。

磨铁读诗会

2019|05|23

一道闪电把父母隔开

父亲让母亲从面前消失

爹让娘滚蛋

父亲称母亲是丧门星

爹骂娘是倒霉娘们儿

父亲推搡母亲

爹把娘摁住揍个半死

父亲从没牵过母亲的手

爹把娘的手拧到背后让她双膝跪地

父亲母亲是书面语

爹娘是口语

相比于爹对娘

父亲对母亲算是客气的了

男人丙

妻子回家后对地上的一根长头发提出质疑

他恼羞成怒，一边高声骂妻子是神经病是疯子

一边捡起那根长头发像扔石头一样狠狠地朝窗外扔去

但头发很不听话，飘飘悠悠地又落到他脚下

这终于使他安静了下来

“说吧，你到底想怎么样？”

二十年生活倒退水波不兴

二十年前一起吃喝玩乐的发小宁小峰
先是当总经理的爹去世
被安排到一个分厂当厂长
两年后被撵到一个仓库干保管
再后来又去当了过磅员
前些年二胎一下生了俩
拥有了三个孩子
他先后戒掉了烟、酒等坏毛病
现在开上了大货车
每个月都跑一次内蒙
二十年生活行云流水
唏哩哗啦
我问　这二十年就没有一点是好的吗
他回答　有　大便变好了
按时按点
又粗又长

这个小区里的舒克和贝塔

刘三刘三刘三
开出租的刘三
花姐花姐花姐

卖盆栽的花姐
枪爷枪爷枪爷
养蟒蛇的枪爷
史老师史老师史老师
当老师的史老师
刘经理刘经理刘经理
当刘经理的刘经理

南方南方

单位派他俩去南方培训
本来并不熟悉的男女二人
在一起吃饭　上课　散步　道晚安
从早到晚
男的开玩笑说
这样下去，咱俩别出事儿啊
女的说
出事儿就出事儿，谁怕谁啊
男的说
你说的啊
女的说
我就说了，怎么样
然后，两个人紧紧抱在一起
哭了

梦回故乡

昨夜梦回故乡
和二婶、三婶对骂，一人迎战两个当地知名泼妇
文思泉涌，脏话如潮，瞬间将二人放倒
就家族那点破事，早就看透了三十年
二人倒地舒腿高声哭娘
这就算我完胜
早上醒来，嘴角仍有唾沫，心有大舒服
故乡了然于胸
也算给死去的妈出了一口恶气

咸鸭蛋

老太太用菜刀把咸鸭蛋一劈两半儿
递给她的两个孙子
金色的蛋黄又粘又油
粘在刀刃上了一些
老太太就伸出舌头一点一点舔干净
家里人经常见到这样的场景
老太太站在两个孙子身后
拿着把菜刀一遍遍舔着刀刃

Xiron Poetry Club
磨铁读诗会

2018年度
中　国
十佳诗人

磨铁诗歌奖

2018年度中国十佳诗人

王小龙

王小龙，诗人，纪录片工作者。1954年8月生，海南琼海人。1968年开始诗歌写作。出版过诗集《男人也要生一次孩子》《每个年代都有它的表情》《我的老吉普》《每一首都是情歌》。个人纪录片作品有《一个叫做家的地方》《莎士比亚长什么样》等。现居上海。

“顾城吵架似的

说我知道你的主张

不就是说话别端着吗

快四十年了，一晃”

以上四行，摘自王小龙先生创作于2018年的诗歌《别端着》，写的是发生在顾城和他之间一次吵架似的谈话！快四十年，那大概是80年代初吧，而这么多年过去了，王小龙做到了“没端着”！只有深刻了解这四十年中国当代诗歌风云变幻的人才知道，“别端着”这三字有多难！当年第三代的口语英雄们，能端的早就都端起来了！

王小龙没端，之于中国当代诗歌，意义重大！创作于1981年的《出租车总在绝望时开来》和1982年的《纪念》，标志着王小龙按下了当代中国诗歌口语诗运动的核按钮。“我想做一个好丈夫，可是红肠总是卖完”，写作于1982年的诗句，我们将在今天和未来，重新听到其中振聋发聩的美学先声。

王小龙没端，四十年没端着，这意味着中国当代口语诗的发明者、口语诗歌运动的先驱者始终站在那里，站在他应该有的位置上，恪守着他应该承担的历史责任。

王小龙不但没端，这位出生于1954的诗人，近年的写作越发爆发出了更强大的生命力！好的诗人，正该如此，正该越写越有生命力，岁月的力量沉淀在他生命的根部！这正是时间和生命对王小龙四十年不被世故、名利、鲜花、掌声、寂寞、孤独，文学史的诱惑夺走心志，始终不肯屈从传统和主流的厚报。

2018年，王小龙有四首诗入选《中国先锋诗歌年鉴：2018卷》，看似不算多，但其中有两首入选“2018年度中国最佳诗歌100首”，且这两首在我看来，都是这一年度中国诗歌中的重要杰作，含金量十足，一首是《斗叶筋》，一首是《白袜及腰》！“一个人的一生也差不多 / 到了飘零的时候 / 要够老 / 够硬 / 想起来了 / 还可以搁嘴里嚼嚼 / 让它有点韧劲”，《斗叶筋》里的这几句，令人动容，这正是口语英雄，诗歌硬汉应该写出的生命之诗。而《白袜及腰》更有机会成为王小龙新的名作，写得利落、潇洒、幽默、有劲儿，身体感十足！

为此，我们评选王小龙先生为“磨铁诗歌奖·2018年度中国十佳诗人”。

磨铁读诗会　沈浩波执笔

2019|04|23

斗叶筋

就这个季节
上学路上
我留意街沿的梧桐树叶
要够老
够硬
用手指撕去枯黄的叶片
掐掉旁生的经脉
留下当中粗壮的那根
就有了本钱
去和同学格斗
这样，捏紧两头
和他的那根十字交错
一起用力拽
谁的没断
算谁赢

一个人的一生也差不多
到了飘零的时候
要够老
够硬

想起来了
还可以搁嘴里嚼嚼
让它有点韧劲

白袜及腰

师傅走进树林
提来半桶石灰浆水
他绕着一棵树转
给树干下边刷上石灰
换一棵
就再转一圈
入冬防冻
灭菌除虫
师傅把石灰浆水用完
把树的长腿刷白
树林是芭蕾学校的练功房
一个个白袜及腰

别端着

顾城吵架似的
说我知道你的主张
不就是说话别端着吗
快四十年了，一晃

也是，领导才端着

诈骗犯才端着
戏不行的演员才端着
门卫小哥才端着

这词来自梨园大概
端着点，一泄气全没
请——了，你试试
后边跟的是千岁千千岁

端着干嘛呢
除非你需要戏台
需要打赏
需要喝彩

怀念那时的顾城
尽管他也不说人话
可那是天籁
只可意会

恕不外传

不知道你是否记得
兆治的酒馆

一部日本电影的片名
高仓健主演
这么一个男人
怎么能活得如此下贱
工友当他傻子
老婆成天抱怨
想想一天天被他活埋的屈辱
活埋的爱啊
这电影教我一条
做个孙子也是一种男子汉
尊严不必每时每刻端着
尊严要拿一生兑换
这电影等我看到
也已三十多年
我从不跟人讨论
也不随便推荐
这是兆治和我的秘密
恕不外传

释然

磨铁诗歌奖
2018年度中国十佳诗人

释然，诗人。原名赵秀丽，生于1971年11月，山东省聊城市某中学教师。著有诗集《秘密》。

磨铁读诗会努力工作的意义，至少有一部分在于，不让释然这样沉默不语，地处偏僻三线小城（山东聊城）的优秀诗人成为时代的秘密。我们有责任让黑暗中的礁石，显现出完整的形象。

释然七首诗满额入选《中国先锋诗歌年鉴：2018卷》，其中三首满额入选《2018年度中国最佳诗歌100首》，两个满额，证明了释然2018年沉甸甸的写作分量。

我不知道出生于1971年的女诗人释然在黑暗中写作了多少年，2016年初，这个名字第一次出现在《新世纪诗典》，随后两年，我目睹着释然一点一点地释放着自己的写作能量，直到2018年喷薄而出。

释然是那种内在力量强大的诗人，是敢于面对自我内心的诗人，是在平静庸常的生活中，心中燃烧着不甘和不屈火焰的诗人，是身体感和生命意志强烈的诗人，是能将强烈的情感牢牢压制在平静面孔下的诗人，而我们仍能在她诗歌的脸上感受到其强烈。

是什么捂住了我们
原本会喊
啊
的嘴巴？

这四行诗是释然《妈妈，我多想问你》一诗的结尾，这是一首追问生命的女性诗歌，在一首诗中，同时向妈妈和自己，两代女人，发出追问。难度相当高，内涵足够复杂，释然几乎是用心灵的强力完成了这首诗，但又完美地压住了诗歌的水花，处理得恰到好处，既没有让叙述过于铺陈，又没有让抒情泛滥出诗意的核心。为中国当代诗歌中的女性题材增添了新的杰作。

2018年，释然既有诸如《妈妈，我多想问你》《肠道》《我为什么爱它》等身体感和生命感强烈的抒情诗（我愿意将其称之为口语抒情诗），给我留下了最深刻的印象；同时也写出了如《粮仓》这样更以理性和智性取胜的纯口语诗；又有如《蛙》《椿树胶》这样平静、细腻、动人的轻抒情诗。这些作品展现了释然心灵的多个层面——她是一位内心丰富的诗人，同时也让我们看到了其精研诗艺的努力。

为此，我们评选释然女士为“磨铁诗歌奖·2018年度中国十佳诗人”。

磨铁读诗会　沈浩波执笔

2019|04|24

肠道

我提着
水果，蔬菜，肉类
有时是袋米，面
一桶油
爬上狭窄，幽长的楼梯
又提着装满果皮，烂菜叶
碎骨的垃圾袋
里面还有我
脱落的毛发，皮屑
剪掉的指甲
走下幽长，狭窄的楼梯
几乎每天这样
感到楼梯
就是肠道
我赖以生存的食物
通过它
消化成垃圾
运送下来
上上下下中
我的青春，爱情
也被消磨得殆尽
剩下具衰老的肉体
这肉体

最后像干瘪的

果核

被放入方形的垃圾袋

还要通过这肠道样的

楼梯

遗弃在

土堆里

粮仓

印象中

我家最大的粮仓

是堂屋里

爷爷为自己准备的

寿棺

取粮时

推开厚重的棺盖

总有些骨灰色的蛾子

从里面飞出来

妈妈，我多想问你

我呆坐在沙发上
听卫生间传来
哗哗的水声
你在洗澡
我却不敢敲门
怕那具身体恐慌
父亲离开后
再也没人目睹过它
美丽的乳房
羊奶味的私处

妈妈，我又在计算
父亲离开时
你的年龄
为什么我与你接近时
仍渴望
异性不断填满我
为什么贞洁的你
会生下内心淫荡的我
我是不是你身体上
脱落的那枚肉芽

哦，妈妈

当你沉默在黑夜时

我望着月光

我们都一言不发

是什么捂住了我们

原本会喊

啊

的嘴巴

女生宿舍

那时

女生宿舍

六人屋

洗手间和淋浴

在每层楼两端

夏天

晚自习放学

回宿舍

看到有学姐

裸着身子

裹着浴巾

端着脸盆

旁若无人地

去洗漱

惊讶地不敢抬头的

我们

到大二时

就像学姐一样

挺着两胸

坦然穿过

长长的走廊

蛙

站在一片水域旁

给你打电话

眼前是一人高的苇丛

水里漂着几片

睡莲叶子

叶子下面有

银灰色小鱼来回游动

一只黑鸟在水面上飞

当我为你描述这些时

你告诉我

有只青蛙

我静下来

听到了那端
你的喘息声
隐约夹杂着
几声
蛙鸣

椿树胶

夏天
椿树疤结
会流出深黄色液体
像条晶亮的绳子
爬在树身上
用小刀
轻轻刮下来
放入瓶子里
到冬天
母亲会一小块一小块取出
像透亮松香的
椿树胶
在火炉旁
烤软
然后摁入

大拇指开裂的

口子上

干活时就不会

再有血渗出

磨铁诗歌奖

2018年度中国十佳诗人

盛兴

盛兴，诗人。1978年生于山东莱芜市口镇。出版有诗集《安眠药》等。

2018年，盛兴的写作势如破竹，单首杰作迭出，整体风格凸显，堪称“现象级”！他找到了一种新的声音，如同啼音初试般，新鲜而迷人，甚至形成了一种他自己的诗歌体式。他这一年的写作，在先锋向度上构成了美学突破和文体意义上的创新。

他当然是《中国先锋诗歌年鉴：2018卷》满额七首诗歌的入选者，我们在初选时遇到的最大问题就是，他其实还有好几首能够入选年鉴的诗歌，不知该如何割舍。他当然也是“2018年度中国最佳诗歌100首”满额三首的入选者，我们最大的纠结在于，为什么选择的是《一道闪电把父母隔开》《男人丙》《二十年生活倒退水波不兴》而不是《南方南方》和《咸鸭蛋》。

他用一种结实、生动、幽默、节奏感强、身体化的语言，一把揭开生活的所有盖子，轻松抵达生活的本质，尤其是其中不堪的部分。他似乎对揭露生活的不堪情有独钟，他的诗有时像针尖，有时像匕首，闪着寒光，轻轻一戳或者直接一捅，生活就被击穿，露出险峻的本相。我们可以轻易地说：真实即诗，或者本相即诗，但真要能将“真实”实现为“诗”，远没那么容易，而2018年的盛兴，一直在实现，兴致勃勃，仿佛停不下来。他发现了一种名为“真实”的诗意，或者说，他找到了一种属于他自己的，真实与诗意之间的关系。

唯一需要提醒的是，也许盛兴还可以实现更多维度的真实，他在处理家庭题材时（这是他处理得最多的题材），恶狠狠的劲头令我有些担心，担心他耽于某种“恶”和“不堪”的真实，他是写“恶”和“不堪”的高手，这很厉害，但也许不能耽于此，不能阻挡住自己。

盛兴弱冠成名，1998年的盛兴，诗写得本质，那是一种天然的，单纯的本质，本质得有点儿抽象；2018年的盛兴，诗写得同样本质，但却是一种复杂中的本质，幽深中的本质，是泥泞生活的本质，本质得非常具体。

前几天，我看到一位我们当年“下半身”的同仁，用“太下流”来形容他自己亲身参与过的“下半身诗歌”，切割和斩断之心跃然纸上。这当然无妨，每个人都有自己的美学选择和行为选择，但仍免不了摇头叹了口气。与此相对应的，是盛兴的写作，“向下”，“身体”，结结实实，他正在实现我们年轻时写作的初心。

为此，我们评选盛兴先生为“磨铁诗歌奖·2018年度中国十佳诗人”。

磨铁读诗会　沈浩波执笔

2019|04|25

磨铁诗歌奖

2018年度中国十佳诗人

姜二嫚

姜二嫚，诗人，2007年12月26日生于深圳。诗作入选多种重要诗歌选本。与姐姐姜馨贺主编公众号“AA糖00后”，并有合著诗集《灯把黑夜烫了一个洞》。

面对11岁的姜二嫚，我一度有些犹豫。我问自己，是不是真的做到了不考虑年龄因素，完全让她与成年诗人公平对决？有没有在潜意识中因为她的年龄而下调了对她的标准？我因此又对姜二嫚满额入选年鉴的七首诗，进行了更严苛的重读，重读的结果是，我认为姜二嫚可以成为磨铁读诗会评出的“2018年度中国十佳诗人”。

我们往往简单地把孩子的诗写得好归功于小孩儿的灵气和感觉，甚至有人认为所有孩子都是天生的诗人，这当然不对！灵气你得看灵到什么程度，感觉你得看好到什么程度！

姜二嫚甚至已经建立起了比较高级的写作自觉，建立了写作自觉，知道最好的诗由什么构成、如何形成。我们所选入年鉴的姜二嫚的诗，并非形成于孩童的天真与自然，而是形成于一个好诗人的理性与智性，形成于她的洞察力和观念——先进的诗歌观念。

因此我们不难发现，姜二嫚“会写”，入选的这七首，包括她写作于2018年的未入选的更多诗，每首都有内在的结构，很高级的结构；每首都有匠心，却呈现得轻松自然，仿佛匠心是长在身上的。解构、戏谑、跳跃、意外、推进的层次、语言的节奏，无不得心应手。

为此，我们评选姜二嫚女士为“磨铁诗歌奖 · 2018年度中国十佳诗人”。

磨铁读诗会　沈浩波执笔

2019|04|26

河

晚上
我拿手电筒
往河里照
半年前淹死的那个小孩
在水里写作业
他看见有光
就抬起头
冲我笑

回收

一辆回收旧彩电
旧冰箱
旧洗衣机
旧电脑
的三轮车
车主躺在里面
睡了
好像回收了自己

陀螺

公园里
有个叔叔
在抽陀螺
一鞭子下去
太狠了
陀螺倒地而死

传家宝

妈妈从旧房子里
拿出一个手链
给我
我正想把它当个传家宝
传下去
就断了

兔子

宠物店里
有两个盒子

一个装着100块一只的兔子
一个装着200块一只的兔子
一只100块的兔子
跳到了200块的盒子里
过上了上流社会的生活
而一只200块的兔子
跳到了100块的盒子里
变成了平民

夜空下

夜空下
我像还没有出生的盘古
缩成一个蛋
缩在
椅子里

我努力把身体缩小
为了让夜空尽可能更大

连狗叫都是安静的
比音乐还好听

一架飞机

像流星划过天空

把天空

划了一道口子

星星从里面

掉出来

远处的烟花

把星星融化成空气

在空中飘

有一个风

在我手里打了个转

又出去了

我用嘴把风

吹到了很远很远的星球

那个星球永远都不会有人出现

直到有一天

那个星球自行瓦解

又把那些风

还给地球

我的手机

与这个夜晚格格不入

很想拿它从楼上抛下去

看着它落地

碎成一堆零件
这个画面
真美

多么宁静
我觉得撞了头
都是一件
美好的事情

一只秋虫在
银河中
孤独地鸣叫

我感觉自己的呼吸声
格外多余

我好像看见
宇宙里的另外一个我

我突然往银河飞去
变成一颗星星

星星把整个宇宙填满了

漆黑中
我看见爸爸的剪影

这种剪影永远不会有人能剪出来
也不需要有人剪出来

等我干完了所有的事情
我会心安理得的去死

星星看着地面
看着一场场闹剧
星星陪着我

一只蚊子
飞到我脸上
我没有去赶它
而是让它陪我一起
看星星

我听见了自己的心跳
我听见了
从来都没有听见过的声音

我想趴在地上
和地面融为一体

吹过去一阵风
我的头发
随意

飘在空中

如果每个人都像星星
都是自己
那该多好

可能100年以后
星星还是星星
我就
已经不是我了

美得有点想流泪

这么美好的夜晚
我居然有点冷
我感到惭愧

磨铁诗歌奖

2018年度中国十佳诗人

叶臻

叶臻，本名叶有贵，男，1963年2月生，安徽宿松人，现在淮南矿业集团矿区工会工作。1983年开始文学创作，迄今已在多种诗刊及诗选中发表作品，著有诗集《拾穗的王子》《开春大典》。

叶臻有四首诗入选《中国先锋诗歌年鉴·2018卷》，看起来不算特别出彩，这也是我在日常月度选诗过程中，对叶臻2018年的写作印象并不特别深刻的原因。但到了《2018年度中国最佳诗歌100首》的决选阶段，叶臻战斗力爆表，四首中有三首冲进“100首”，满额。如果不是首数限制的话，他的第四首诗其实也很有机会。

再联想起此前叶臻就总是时不时冒出来以单首惊人（比如写作于2017年的那首《菊花》），充分说明此人擅写力作，擅打硬仗！而更应特别指出的是——叶臻擅写硬题材！能在最硬碰硬的题材中，写而胜之。

叶臻入选“100首”的三首诗，社会介入感很强，介入的全都是大题材、硬题材。《意外》看似介入老生常谈的贫穷题材，但又绝不仅仅只是如此，从买房开始，到流产结束，层层推进，一波三折，戏剧感强，节奏感好，荒诞悲凉，叶臻介入的是时代的荒诞；《提篮桥》所介入的，是很多作家、知识分子和诗人都曾经介入和试图介入的公共题材，如此多人曾经处理过的公共题材，叶臻仍然处理出了新意，不再去写残酷狠厉的历史事件本身，而是关照到主人公作为一个普通女性的青春，把诗写得美丽、温柔而感伤；《出生地》介入的又是一个大题材，公共题材——计划生育，叶臻处理得尤为高级，抓住了个体命运中一个微小得几乎很难被发现的细节，一下子就揪出了细节后面沉重的荒诞。

一方面是伪主流诗坛（保守、落后但人很多）整天对当代中国口语诗痛恨怒骂，另一方面是口语诗的好诗人越来越多，美学建树越来越多维、丰富、具体。在叶臻入选“最佳100首”的这三首诗中，我们看到的是口语诗对社会现实的强大消化能力。

出生于1963年的安徽诗人叶臻，近几年从《新世纪诗典》崭露头角，成为受到口语诗界各方关注的实力“新秀”。健康的诗坛，不问年龄，不问出身，不问关系远近好坏，只看诗，因此优秀诗人频出，盛唐气韵渐生。

为此，我们评选叶臻先生为“磨铁诗歌奖·2018年度中国十佳诗人”。

磨铁读诗会　沈浩波执笔

2019|04|27

意外

为买房子
找遍亲戚朋友
钱还是没法凑齐
愁得男的
又是抽烟
又是喝酒
妻用身体安慰他
哪知安慰得
相当尽兴
竟忘了
是在零下4°C作业
结果两人
又是发烧
又是咳嗽
不得不
又是打针
又是吃药
而更意外的是
安慰居然
有了意外
为了不让这个意外
将来成为一个
烟意外

酒意外

病意外

穷意外

两人在叹息声中决定

还是做掉这个

在零下4℃

产生的意外

出生地

村长带人

来我妹家

抓她去做人流

我妹在半人高

的棉林里

躲到半夜

又半夜动身

逃到我的祖居地

生下我的外甥

四年前

外甥大学毕业

托我给他介绍工作

他发给我的简历

出生地一栏

写的是

安徽宿松

我没有告诉他

他的出生地是

江西湖口

军礼

老赵退伍回乡

办了个养猪场

他说他曾养过

这么一头母猪

连选三头种猪

与它交配

它都不配合

直到暮色降临

它才翘起短尾

与一头种猪

尽了云雨之欢

当时他只觉得

这头母猪有些另类

但随后的几次

它都如此
细一琢磨
就觉得这头母猪
有一种别的母猪
没有的品性
那就是羞耻感
再给它交配
就安排在夜晚
不仅成功率高
而且产崽也多
当有一次
它一窝产下十九只猪崽
创猪场母猪产崽之最时
他一激动
还“啪”的一下
给这头母猪
行了一个
标准的军礼

磨铁诗歌奖

2018年度中国十佳诗人

云瓦

云瓦，原名王卫杰，1980年生于宁夏固原，现居河北邯郸。口语诗人。有作品入选《中国口语诗年鉴2018卷》和“磨铁诗歌月选”等。

我在发布磨铁读诗会2018年五月的诗歌月选时，曾提醒大家注意一个陌生的诗人——来自河北邯郸的诗人云瓦。彼时我对这位诗人一无所知，四月的月选不知道从哪里（忘记了，可能是在哪个诗歌群里看到的）选入了云瓦一首诗，紧接着五月又选入了两首，连续入选，这并不容易，令我开始关注这位诗人。此后云瓦一发不可收拾，他应该是入选磨铁月选频次最高的诗人之一，并且越写越好，越写越丰富，越写越见气象。即便如此，我还是没想到，他在我们编选《中国先锋诗歌年鉴：2018卷》和选出“2018年度中国最佳诗歌100首”时，表现如此惊艳，七首满额入选年鉴，其中三首满额入选“最佳100首”。从4月到12月，云瓦用八个月时间，奔腾而出。如果磨铁读诗会要选出一位2018年涌现的最佳新人的话，无疑就是云瓦。

从云瓦被选入“最佳100首”的三首诗（《证据》《北京，北京》《受益者》）来看，云瓦的诗歌，语言和诗意都很结实，口语语感和节奏俱佳，智性、理性与感性兼具，写作手段丰富，视野宽阔，能在不同向度实现诗意，是一位全面而综合的诗人。我想提醒云瓦的是，他所入选“100首”的三首，与100首中最好的那些诗歌相比，精纯度明显不够。全面综合的写作能力固然是一大优势，难能可贵，但若无某一向度特别突出、特别精纯之处，将会制约自己成为一名更优秀的诗人，要想成为重要的诗人当有特别重要之处。

无论如何，出生于1980年的诗人云瓦的出现，为中国当代口语诗歌的80后一代再添大将；同时，他和同样出现于2018年的另外两位诗人邹雪峰和默问一起，为长期耽于传统的河北诗歌，注入了难能可贵的先锋血液。随着云瓦等新一代诗人的崛起，谁还能说河北不先锋！

为此，我们评选云瓦先生为“磨铁诗歌奖 · 2018年度中国十佳诗人”。

磨铁读诗会　沈浩波执笔

2019|04|28

证据

上个月出差多
有一天晚上
和妻子通电话
妻子说想我了
我说：
“不信！”
她听完后
挂了电话
半分钟左右
发来一张照片——
浅蓝色小内裤上
一条月牙儿状的洇湿
隐约可见
仿佛信纸上的吻痕

北京，北京

夜深了
雨很大
我们像在海底
从一条海蛇的肚子里出来

站在北京的地面上

地下旅店

登记，安检，入住

地下一层

地下二层

地下三层

由巨大的停车场改建

儿子睡着了

被吵醒

再次睡着

又被吵醒

隔壁的三个女孩子

应该是等凌晨将发的列车

她们喝酒

跟着手机唱歌

哈哈大笑

谈论男朋友

性生活

当她们谈到男根的时候

我用拳重砸了三下

薄薄的石膏墙板

我承认下午在火车上

喝过一点啤酒

我对儿子说

现在不吵了

睡吧

明早天不亮就出发
去医院
狭窄的房间里
（如果可以称作房间的话）
没有洗手间
儿子站起来
把一泡尿
尿进我们喝干水的
空矿泉水瓶子里

受益者

小学三年级
有一天放学回来
看见村支书正和
我班同学白亮亮他妈偷情
一对白花花的屁股
把草垛压下去一个深窝窝

第二年春天
我在这个窝窝里
捡到一枚鸡蛋

神奇

刚猝死
奶奶哭着要孙子
母亲哭着要儿子
父亲哭着要儿子
妻子哭着要丈夫
女儿哭着要爸爸
市教育局组织
市长市委书记出席的
《向××学习——
先进事迹报告会》后
奶奶不再哭着要孙子
母亲不再哭着要儿子
父亲不再哭着要儿子
妻子不再哭着要丈夫
女儿——
只有9岁！！！——
不再哭着要爸爸

沦陷

在饭店吃饭
老父亲说要去卫生间

二十多分钟过去了
他还没回来
我去找他
看他像个雕像一样
低着头
一动不动
站在卫生间地上
见我来了
他一脸懊悔
说
尿在地上了
我说没事走吧
他又说
裤子湿了

姜是老的辣

侄子约了女朋友
去爬山
嫂子说有雨
不让他去
他不听
执意要去
说手机天气预报上

显示的是晴天
不可能有雨
还和嫂子打赌
说如果嫂子输了
以后就不许再干涉
他和那个女孩子的来往

侄子摔门而去
嫂子并不着急
说今天肯定有雨
从昨天下午开始
她的肩膀
就已经开始疼了

磨铁诗歌奖

2018年度中国十佳诗人

蒋雪峰

蒋雪峰，四川江油人。曾获四川文学奖、第七届李白诗歌奖、中国诗歌排行榜双年度短诗奖等奖项。出版诗集《琴房》《那么多黄金梦和老虎》《锦书》《从此以后》。曾入选《中国先锋诗歌年鉴》《中国诗典》《新世纪诗典》等选本。

个人诗路上的突破，有时需要契机。

蒋雪峰的突破契机，竟然是摔断腿。

摔断腿的蒋雪峰躺在病床上。2床是个木匠，食指和中指被电锯锯残，不可能再接上，蒋雪峰听着木匠的妻子喃喃自语，“他是个木匠，他是个木匠！”这是一首诗，一首好诗。

摔断腿的蒋雪峰躺在病床上，上帝般的骨科医生一丝不苟，他们“都是熟练的管道工/该拼则拼/该锯则锯/该打洞则打洞”，这几句写得漂亮，竟有点潇洒写意。然后蒋雪峰又来了一句，“至于惨叫/都是没有温度的/铁屑”，“至于”一词用得好，神来一转，带出绝妙的比喻，这个生命感极强的比喻一出，这首诗就写透了。

摔断腿的蒋雪峰躺在病床上时，到底还发生了什么？我听说是发生了些什么。那发生的什么跟这首《剔》大概有关：“最后/你还得剔除依附在这世界/的一丝又一丝感情/生的 熟的 半生不熟的……”发生什么大事了？以至于蒋雪峰因此把世界写成了这样：

最后
这世界也将剔除你
哪怕带着血水
哪怕还在喊疼

对于你而言
这世界就是一根光骨头
五味俱全

而作为这个世界
它从来就不缺肉

蒋雪峰在2018年摔断了腿，摔断了腿的蒋雪峰如同打通了任督二脉，变得如此会写，终于把口语写得通透，终于把他以前作为一个传统抒情诗人的修辞能力、意象能力乃至情感力量，都打实夯入到结实通透的口语之中，成为自身写作的特点和优势！

从一个传统诗人到一个先锋诗人，从泛抒情的书面语到生动鲜明的口语，我目睹着蒋雪峰这几年的转变之路——曲折向上！而2018年摔断了腿的蒋雪峰，竟一下子如有神助，一把完成转变！太好了，蒋雪峰长着一张如同狮子般的脸，若没当诗歌里真正的先锋派的话，那真是白瞎了他那长相！

那么，从此蒋雪峰能否做到，将以前那种迎合地方小官方与地方伪主流的抒情诗，彻底埋入老酱缸，永远不要再在心头泛出酸味呢？能否在腿好之后，仍然一直做一个越来越好的坚定的现代派和先锋派呢？

请将先锋诗，念给李白听。雪峰兄，你可以。

为此，我们评选蒋雪峰先生为“磨铁诗歌奖 · 2018年度中国十佳诗人”。

磨铁读诗会　沈浩波执笔

2019|04|29

2床是个木匠

半夜
2床新来了个病人
是个木匠
干活时
电锯把食指锯断
中指锯残
他老婆
把断了的食指
用块布包着
央求医生
帮忙接上
医生摇头
接上存活的可能性小
到时感染还得截肢
木匠老婆好像没有听见
一遍一遍说：
他是个木匠
他是个木匠

骨科医生

都是熟练的管道工
该拼则拼

该锯则锯
该打洞则打洞
该接则接
至于惨叫
都是没有温度的
铁屑

万物生

一棵树被伐
整个森林都会紧张
亚马逊森林一只蝴蝶
拍打翅膀
引起千里之外
得克萨斯州的
一场沙尘暴

万物各得其美
各得其狼狈不堪
各得其昙花一现
各得其钻石
各得其蛇
各得其象

各得其万丈深渊

各得其春风吹又生

各得其金木水火土

各得其寿终正寝

……

相伴相生

相克相容

人类如孤岛

人类生生不息

迷途不返

万物皆待宰羔羊

欲辨忘言

明月如镜

高悬古今

剔

最后

你还得剔除依附在这世界

的一丝又一丝感情

生的　熟的　半生不熟的

最后　这世界也将剔除你
那怕带着血水
那怕还在喊疼

对于你而言
这世界就是一根光骨头
五味俱全

而作为这个世界
它从来就不缺肉

添五块钱

有一年在四姑娘山
骑了藏族人的马
下马后
赶马的藏人满脸不高兴
要我添五块钱
说我把他的马压着了
昨天出院
找了个蹬三轮车的
把我背上楼
把我放下后
他喘着粗气说

太胖了

还要添五块钱

刷墙

为抗议

审查

法国一个青年导演

拍了部纪录片

《刷墙》

纪录一个人

把一面白墙

一遍一遍

刷得更白

片长四个小时

审片的专家

眼睛跟着那把刷子

整整四个小时

洗刷刷洗刷刷

洗刷刷洗刷刷

那个人

那个生下我的人
那个给我喂饭的人
那个挑着我
到青莲给我
看病的人
那个把我
从水里捞出来的人
那个教我认字的人
那个至今喊我小名的人
那个咽气前念叨我的人
那个教我喝酒的人
那个给我递菜刀的人
那个给我打电话
说喜欢我诗歌的人
那个曾经爱我
现在记不清脸的人
那个切除我一个肾的人
那个把我从昏迷中
救醒的人
那个教我收税的人
那个隔着一块麦地
对我挥手
永不再见的人
……

他们

不是一个人

他们把我

这块血肉

变成了

一个人

磨铁诗歌奖

2018年度中国十佳诗人

欧阳昱

欧阳昱，诗人、翻译家、作家，墨尔本La Trobe大学澳洲文学博士。现为上海对外经贸大学“思源”学者兼讲座教授。获得包括悉尼快书诗歌奖、澳中理事会翻译奖在内的多种文学奖项。2011年被纽约《明镜》月刊评选为十大最有影响力的海外华人作家。他在“中国桂冠诗丛 · 第一辑”中的诗集为《永居异乡》。

编选年鉴，读到欧阳昱的《声》，“滴滴，动/动/动动，滴/滴”，大笑不已，太有趣了，如此成功地将雨滴的形象声音化了，雨在滴，雨滴在动，滴滴动，动，动动滴，滴。既是形象，又是声音，天衣无缝，融入在整首诗优美的语境中。

欧阳昱一直在玩儿“声音诗”，那是他众多诗歌实验中的一种。我对抛开文字只玩儿声音的“声音诗”持保留看法。但这首《声》，完美地将文字和声音同时实现，我以为，这才是更有效的也是真有难度的“声音诗”。

我一惯欣赏欧阳昱活泼的生命力，他的实验精神和创新精神命令他不知疲倦地疯狂折腾，他甚至命令自己去实现一种“完全不能为当世接受的先锋精神”！我欣赏他的实验精神，喜欢他的生命力，但我通常还是更认可他的常态诗歌，对他的大部分玩儿得很起劲的实验诗，始终持保留看法，认为实验价值大于了内在的诗性，缺乏文本意义上的有效性。

2018年，欧阳昱依然在实验，依然在提供大量的不同向度，不同玩儿法的实验诗，但这回却满足了我对诗歌文本的阅读期待。尤其是三首满额入选“2018年度中国最佳诗歌100首”的诗，《这是诗吗？这是海吗？》《声》《38度的下午》，三种实验，三种构成方式，三种效果，形式本身的立意都很高级，文本的完成度也高，看似信马由缰，其实是驾轻就熟，老马识途，如庖丁解牛，游刃有余。

我因此发出感慨，欧阳昱是中国最成熟的实验诗人！有很多人在诗里玩儿实验，绝大部分在我看来都幼稚无效，他们的实验中缺乏笃定的东西，显得很盲目，并没有清晰的美学世界观做支撑，我以为这是一种“伪实验”。而欧阳昱的这些诗，非常清楚地知道自己要追求什么美学价值，并为此提供了足够匹配的形式和内容，实现的路径明晰有效。这样的实验诗，我以为才是真正有效的创新，才能构成对美学边界的突破。欧阳昱至少重新刷新了我对实验诗和诗歌实验性的认识。

先锋者，越老越酷！1955年出生的欧阳昱，六十多岁了，是中国当代最富生命力、创新力、战斗力和写作能力的诗人之一，他的写作重要性和文学史意义，将会越来越凸显。

为此，我们评选欧阳昱先生为“磨铁诗歌奖 · 2018年度中国十佳诗人”。

磨铁读诗会　沈浩波执笔

2019|4|29

这是诗吗？这是海吗？

海太大了

所以叫大海

?

我们住的城市很好

开车一小时就抵达海边

?

约的一个诗人不去

说是要出去“给朋友买东西”

?

只好自己去了

就我们三人

?

没去找那个在海边开鱼薯店的前诗人

但去的是那个方向

?

海边住的房都很贵

至少一百万、一百五十万以上

?

看上去也不像有人住似的

偶尔有车从里面开出来

?

而且很富的人

长得似乎都很丑

?

有个人估计也很富

至少房子躲在公寓后面，是房

?

他在整理钓线

长得也很一般

?

海上没有太多东西，有风，有水

有黑色的大石头，铺成的伸向水中的黑色路

?

在这儿照相千万注意了

脚下稍有不慎，手机就掉岩缝里

?

岩石表面也很不平，可能有气

踩出去的时候得看一下踩一下

?

颇有几处鸟屎，都是白的

白黄的，一条条的，交缠起来的

?

有两个白种女人折返回来

互相看了一下，没打招呼

?

在岩缝间拉了一尿

被他们拍了一照

?

浪在岩缝缝间激荡激溅激动

我把手相机深深插入荷包，还按了一按

?

折返时，我没立刻回到岸边

而是径直下海了

?

在沙上走、在水边走

让一哗啦一哗啦的浪冲过来洗脚

?

然后照相、照脚、照脸

同时纳入海、纳入天、纳入天与海之间那条线

?

之后上车，开车，到下一个觉得可看的地方停下来

去看，看大而无当、大而无边的大的海

?

天阴得像人的心

心阴得像心的人

?

那个三十来岁的人比较古怪

几乎无话可说

?

看到了黑天鹅

看到了用手相机拍黑天鹅的人

?

在一个海边小镇停下来吃午饭

吃的就是fish & chips

?

停车快一个小时了

又把车挪了一个地方

?

风景美的地方

街上的人毫无诗意

?

除我们仨之外

这小镇，看不到一个亚洲人，也好

?

此时，我意识到，我在离海一小时车程的地方

写关于昨天看海的事

?

这是诗吗

这是海吗

声

为了让我写

诗，雨又

下了起

来

能看见窗

外的雨

滴

在青

叶上滴

和动

滴滴，动

动

动动，滴

滴

以及，响成一

片的雨

声

38度的下午

我从现金大街拐入玛丽伯农大街

我从玛丽伯农大街拐入达恩大街

我从达恩大街拐入林克大街

我从林克大街的邮局查过没邮件后出来

我越过达恩大街进入司机大街

我从司机大街进入球台大街

我从球台大街进入达尔宾公园地面

我从达尔宾公园地面走上达尔宾溪边小径

我从达尔宾溪边小径拐入辰尼斯大街

我从辰尼斯大街拐入拉斯考恩路

我从拉斯考恩路拐入达尔宾溪边小径一条无名小道

我沿达尔宾溪边小径这条无名小道走

我沿达尔宾溪边小径这条无名小道一直走到可以跨越小溪的地方

我在无名的跨溪处脚踩着溪水中长满青苔的石头

我在无名跨溪处脚踩溪水长满青苔的石头走到了对岸

我第一次在无名跨溪处脚踩溪水长满青苔的石头走到了经常散步的对岸

我爬坡走过草地穿过树林稍微向左沿着无名小道爬着缓坡

我爬上缓坡时在路边见到一条黑蛇

我见到的这条黑蛇约有竹笛粗躺在草丛中不动

我见到的这条约有竹笛粗的黑蛇躺在右边草丛中不动而我恰好走在左边

我用手机把蛇拍发到朋友圈

我继续走在班杜拉公园的地面上

我从班杜拉公园地面上那堆躺在一起的树的尸体身边经过

我拐入左边那条也是无名的小道

我拐入左边的这条无名小道后来查知是瓦特斯道

我越过班杜拉公园地面直接走向柯腾大街

我在走向柯腾大街时看见两只鹤

我看见的这两只鹤有一只极渴张着细长的喙子在龙头下接水喝

我继续朝柯腾大街走时看见两只乌黑的乌鸦

我看见的这两只乌鸦像狗一样张着嘴

我看见它们张嘴的形状颇似中指和食指做出的水平的V型

我越过柯腾大街拐入奥康纳尔大街

我从奥康纳尔大街拐入厄勒斯利大街

我从厄勒斯利大街拐入卡西大街

我在卡西大街我家门口停下来时头戴的帽子已经湿得半透

国家

澳洲这地方不像个国家
任何人都没有国家意识
随便想住就到这儿来住了
随时想走就走了
就像门前窗头那些云
白是很白
待了一会
就走了

散步：散曲的散，步调的步

树倒下的地方
是阳光的影子
♪
阳光坍塌下来
树影把它接住
♪
鸟在树的伤痕里
不停地鸣叫
♪
呃，这只鸟的叫声

是没有休止符的

♪

除非你主动，否则我是绝对

不找你的，你找别人去吧

♪

草已经带上了，烧枯的色彩

淡蓝、浅蓝，春，正进入夏

♪

我不要看她的东西

这个女人恶心

♪

我觉得那不像一条狗

看去好像一只，火红色的狐狸

♪

那段枯木，还像去年一样

躺在那儿

♪

那片枯云，也是，但我没办法确定

前年它所在的地方

♪

他们现在只需要被呈现、被给予

而我最不要做的就是给予和分享。我想要的只是发现

♪

不写诗

这才叫生活嘛

♪

我才不抽烟

绝对不抽烟了

♪

割了舌头的天空

都一样

♪

They always put you down

They shall always put you down

精力

诗人为何充满精力

写的诗多得连自己

都记不住

像拉的屎

哦，对不起

像呼的吸

诗人，就像一浪又一的浪

跌了下去，又蹦起来

跌了下去，又蹦起来

或者像球

自己把自己
拍起来的球

哪像写小说的
一字一字
蚂蚁一样地码

码到后面，忘了前面
即使像水一样喝
也会一遍遍去厕所

哪像诗
一首首像枪子
哪像诗

一杯杯都像
白酒
一喝就晕头

最会自杀的
都是诗人
杀不死的，都是诗

那里面的精力
能铀出
无数切尔诺贝利

磨铁诗歌奖

2018年度中国十佳诗人

王林燕

王林燕，诗人。1980年12月生于新疆。有作品入选《新世纪诗典》及“磨铁诗歌月选”等。

……

他的女人

提着马灯

带着家犬

踩着裹尸布般的大地

一点点找到他

将独享一日的孤独

悉数还给他

这是新疆女诗人王林燕《孤独》一诗的第二段，我的眼前，展开了一张油画。深刻的情感被冷静的叙述握紧，诗意辽阔而又聚焦于心灵，节奏如精准的步点，意象明晰而修辞陡峭。诗歌不是不能遵循古老诗意的律令，不是不能采取传统的经典写法，但前提是，你得有动人的现代人的心灵感知，“踩着裹尸布般的大地/一点点找到他/将独享一日的孤独/悉数还给他”，有爱，有恨，有孤独，有诗人的理解和关照。

《孤独》写得经典，但这还不是王林燕在2018年写得最好的诗，我更喜欢那首《罂粟啊向日葵》：“……他被眼前景象惊呆了/大张着嘴/找不到词语来形容/于是策马奔腾/到乡政府去举报”。太漂亮了，神来的转折，出其不意而又在情理之中。一首诗做到了生动、形象、真实、精确！不需要什么其他道理，诗感本身就能一击中的。

王林燕有四首诗入选《中国先锋诗歌年鉴：2018卷》，不算出众，其中两首入选“2018年度最佳诗歌100首”，单首突出。我们在评选十佳诗人，十佳已出其九，还剩最后一位时，一度非常纠结，另有一位女诗人，两首“100首”，5首“年鉴”，整体更占优势，但最终《罂粟啊向日葵》成了王林燕的致胜砝码。

王林燕是那种能够贴着心灵，倾听自己心跳的诗人，具有可贵的心灵优势。她从本质上是个抒情诗人，她在诗中的情感都是有真切内容的情感，具体、结实、鲜明。她有突出的意象和形象能力，她笔下的新疆，别有一种清新、单纯而多情，如同雪山上一棵新松。这些年来，我们在当代诗歌的杰出文本中，频繁与新疆相遇，宋雨的新疆、里所的新疆（主要是喀什）和王林燕的新疆，优秀的女诗人，用她们敏感的心灵，重新塑造着文学中的新疆。这也构成了王林燕写作的某种人文意义。

为此，我们评选王林燕女士为“磨铁诗歌奖 · 2018 年度中国十佳诗人”。

磨铁读诗会　沈浩波执笔

2019|05|01

孤独

越过两座秃山
喝满一肚子假酒
吹下一箩筐牛皮
此刻老马载着他
走在回家的路上
走在寂静峡谷里
雪从月亮落下来
落在老马长长的睫毛上
落进他滚烫的颈项
他哼唱的老调
将雪和月光
推向遥远的天边

他的女人
提着马灯
带着家犬
踩着裹尸布般的大地
一点点找到他
将独享一日的孤独
悉数还给他

罂粟啊向日葵

牧人骑着马
走在山崖上
看见山下向日葵地里
套种了一片罂粟花
黄金海洋里
跃动着红彤彤的火
他被眼前景象惊呆了
大张着嘴
找不到词语来形容
于是策马奔腾
到乡政府去举报

哈萨克泡泡糖

受伤或即将死亡的松木
金黄色粘稠液体
顺着树干缓缓滑落
凝为半透明蜜蜡色树脂
在哈桑草原的赛马场上
叶尔江从捡蘑菇回来的
金斯别克那里

要来一小把

他充满期待地看着我

将其中一粒放入嘴里

一股松木的清凉气息

混合着辛辣　涩苦

冲得我眉头紧蹙

“哈萨克人的泡泡糖

白牙的东西，香！”

看我终于挤出微笑

他露出冰川般的牙齿

月亮

“不想说话”

“如果一定要发声

还是哭声最好听”

红偷出她姐姐的日记

日记里没有男人

似乎也没有爱情

我们决定悄悄把它放回去

那个蝇蚊嗡嗡的午后

推开姐姐房门

18岁的姐姐堕入睡梦深海

花裙子底下白内裤缩作一团

饱满明亮的屁股

好似盈盈玉盘

看得我怔了半晌

直到红低声催促

我执意走到床边

将卷起的裙角轻轻拉下

用一片云

遮住了那朵月亮

磨铁诗歌奖

2018年度中国十佳诗人

徐江

徐江，生于1967年，1989年毕业于北京师范大学，现居天津，从事专栏写作、媒体策划及编辑工作。1991年创办著名诗歌选本《葵》。著有诗集《徐江的诗》《花火》《雾》《杂事诗》《杂事与花火》《我斜视》等，诗学专著《这就是诗》《现代诗物语》等。主编有跨世纪诗选《1991年以来的中国诗歌》《给孩子们的诗》。曾三次获得“新世纪诗典·李白诗歌奖”。

去年侯马诗惊艳，今年徐江双满额，再加上永远在前面头也不回往前跑的伊沙，北师大八五一代，呃，我夸不动了。

徐江的诗，可能是当代最难以被界定的。在先锋诗歌阵营之外，徐江当然被当成口语诗人，但在口语诗界，徐江到底是不是口语诗人成为了争议的焦点，甚至成为口语鹰派诟病徐江的理由。

我以为，对于徐江来说，这种争议和定义一点都不重要。是也不是，不是也是，又如何呢？他强硬地让自己成为了一个不可被界定的诗人。我所看到的徐江，既包含了高度先锋自由口语解构的一面，也包含了经典高蹈肃穆的一面，这两者在徐江的精神世界里形成了合一，并没有导致价值观的对立。他一方面大量创作“杂事体”或者说“杂记体”口语诗，在最大程度上以此来实现通往自由之路的心灵探索；另一方面他始终在贡献一种可以被称作“徐江体”的抒情诗经典，其中最具代表性的，莫过于《秋分》。他可能是最固执的那种诗人，至少在我的观察中，徐江这么多年从未听取任何对他写作的劝告，他就这样把自己写成了完全不一样的一个，因此构建了自己的诗人形象。

单纯从文本本身来说，我在编选《中国先锋诗歌年鉴：2018卷》和“2018年度中国最佳诗歌100首”时，仍然更多地偏向于徐江的抒情诗。徐江的抒情诗，也是当代最有特点的抒情诗之一，有非常鲜明的心灵结构。

以2018年的《腊月》和《六月》这两首为例，徐江对时间这一抽象概念的形象化、具象化做得漂亮极了，体现了诗人强大的感知和显现抽象的能力。无论是“窗外干枯的草地上/车上树枝上/都覆了一层/白白的胎毛/那是雪/也是又一轮岁月/打扮成胎儿的样子/降临了”，还是“下午心照不宣/张开小嘴吞掉了他/你看，才这么一会儿/过去的岁月尽了/一切将从头再来”，都将时间的幽微神秘以一种最亲切平和的方式，感知并显现出来。徐江的这种抒情诗，之所以构成了某种独属于他的诗歌体式，正是因为，其中有丰富敏感独特的心灵结构。

徐江身上更大的重要性还在于，他是中国当代最富人文精神和文学精神的诗人之一。他的人文精神中，既包含了对永恒价值的尊崇敬畏，又包含了对一切庸俗世故的抗辩、讥讽、反对。在这样的时刻，他往往深沉、雄辩、慷慨、热烈而毒舌。“斯德哥尔摩的积雪亮瞎了/所有动物的眼睛/钟表在天花板散步/噢，爆掉了”，在《欠美国文学至少十个》一诗，徐江的这一特点体现无遗。

为此，我们评选徐江先生为“磨铁诗歌奖 · 2018年度中国十佳诗人”。

磨铁读诗会　沈浩波执笔

2019|05|02

腊月

洗了碗

拖了地

走到阳台

夜晚的光

比平时亮了一点儿

也柔了一些

窗外干枯的草地上

车上树枝上

都覆了一层

白白的胎毛

那是雪

也是又一轮岁月

打扮成胎儿的样子

降临了

六月

火焰在第五天来临

伴着医院门口狂舞的高杨和低龄梧桐

踩充电平衡车的中年人

无声从我身边掠过

消失在门外
下午心照不宣
张开小嘴吞掉了他
你看，才这么一会儿
过去的岁月尽了
一切将从头再来

欠美国文学至少十个

腐败固执加短视的
诺贝尔文学奖
终于难产了
对此新闻界意外
但我不意外
他们跟美国文学置气
把自己憋得内分泌紊乱
诺奖至少欠美国文学十个奖
可够资格的人太多
可能还不够分
只好并列
诗人里我首选金斯堡
次选布考斯基
（因为老布生来就是
跟诺奖评委作对的）

兰德尔·贾雷尔

路易斯·辛普森

亨利·泰勒

弗兰克·奥哈拉

沃伦与柯索

勃莱和西米克

他们欠小说家马拉默德的

欠青春祭司塞林格的

欠厄普代克和约翰·奥哈拉

欠冯内古特和约瑟夫·海勒

他们也许从未认真考虑过

诺曼·梅勒

因为再也容忍不了另一个海明威

他们不会喜欢威廉·斯泰伦

他比所有欧洲犹太作家

都更善于画出黑暗

他们不喜欢托马斯·品钦

因为他的野心太接近乔伊斯

他们也不喜欢道克托罗、菲利普·罗斯

他们装作没听过安妮·普鲁

他们更不可能关心丹尼斯·勒翰

他们还能记起谁

斯德哥尔摩的积雪亮瞎了

所有动物的眼睛

钟表在天花板散步

噢，爆掉了

红豆黑豆

我知道两个毕肖普
一个是美国诗人
修辞爱好者
普利策奖获得者
玛丽安·摩尔才华低一档半的
荣誉继承者
（可能还是个同性恋
谁关心这个呢）
另一个是德国人
小长脸瘦子
党卫军军官
冷酷、机械
有点儿蠢
他出自一部前南斯拉夫
伟大的战争电影
这些年
这两个人偶尔
在我的记忆铁锅里
像一枚红豆和一枚黑豆
炒来
炒去
他们没什么意义
或者依我说

我们人生中一些东西

存在的

已逝的

虚构的

炒来炒去也是一种意义

白鲸

高铁空旷的站台

一只喝醉的小白鲸冲了进来

瞬间把空间挤满

在完成这之前

它先羞涩地模仿了一声

内燃机车的叫

雾走了

早晨来到郊外时

几十米外白蒙蒙的

越远

白色越重

那是雾气

下午离开时

一道道阳光明媚

雾已经散了

或者说

一缕一缕的雾

不声不响间

顺着天上垂下的

一道道阳光绳梯

毅然爬了上去

矮小的我们

被丢在了

空空的地上

艺谭·古碑

好些文章里

都要强调鲁迅

抄了十年古碑

好像不抄古碑

革命就没了合法性

不抄古碑

文学就没了合法性

其实哪有那么神奇
真正神奇的是
鲁迅抄了十年古碑后
还能自我呵护住天分
提笔创作这件事

2018年度
中国最佳
诗歌100首

全部活着 | 阿吾

昨天下午
北京阳光明媚
我从朝阳立水桥
去海淀永丰南
西山温泉酒店
参加
硕士毕业三十周年
哲学班的聚会
七十岁的老班长
宣布了一个好消息
据不完全统计
我班三十一位同学
除没能联系上的三位
全部活着

足迹 | 艾蒿

小时候
家乡的山中
太阳早晨九点升起
下午三点落下

后来在西安
太阳早晨六点升起
七点落下
如今我身居的重庆
雾多
我尚未注意到
太阳从哪边升起与落下
我似乎总没有
太多时间去观察
如果在这里
我一直生活到年老
看明白了这里的
日升与日落
也许我就可以说重庆
是我的家

转机 | 安瑞奥

十多次的化疗
折磨得俊霞
痛不欲生
她觉得她好不了了
她把自己关在屋里

准备了白床单、白被罩和安眠药
正要自我了断的时候
突然隔壁传来了母亲的声音
“小霞啊，是不是该做午饭了？”

生命树 | 摆丢

岜沙没有坟
只有人
和树

孩子出生后
到山上认定或种下
一棵树
孩子们长大
转山
看到树
说：这棵是我
那棵是你

种稻子，扛枪唤狗打鸟
慢慢变老死去
砍倒树做棺材

装下身躯

葬于树桩旁

黄土平地不垒不立碑

再种一棵树

孩子们转山

看到树

说：这棵是爷爷

那棵是奶奶

无题 | 蔡喜印

一个没有双臂的女人

在公园练习舞蹈

站旁边观看的

一个中年女人

压低声音

跟同伴说

“她一个人跳

感觉美感少了些

如果有一群这样的

一起跳

那就震撼了”

躲雨 | 常遇春

大雨忽至

几个青海当地

拾牛粪的小伙子

通通脱掉衣服

一头扎进河里

躲雨

真实的赞美 | 陈放平

这簇长在公路两边

极其普通的喇叭花

终于迎来赞美

客车驶过村庄

靠车窗的小女孩

用惊呼般的语调

夸她们

太多了，太多了

瞬间 | 春树

我们拉着对方的手
就这么握着
徒然多出许多亲热
周围是些熟人和陌生同行
“你好吗？”她问
我像所有刚从外国回来的人一样
忘记了客套
“不好。”

自由 | 从容

我坐在他的沙发上
点上一根他的烟
在他坐过的马桶上
大声地咳嗽
像他一样刷一晚微信
拧开他喝过的白酒瓶
给自己斟满
打开电视看球赛
大吼两声
甚至光着膀子

看军事新闻
在空荡荡的房间大哭
我一会儿是男人
一会儿是女人

看电影《简爱》重播 | 从容

我抹着眼泪
对孩子爸爸说：
要是也能遇见一次这样的爱情
就好了

他侧着身看着电视里的
罗切斯特
喝下一口白酒说：
你已经够倒霉了
还要更倒霉吗？

父亲去世后的第三天 | 大友

父亲床头的老年手机响了
从前的邻居打来的

他和母亲寒暄几句后
要我父亲接电话
母亲说我父亲出去遛达了
邻居说外面下雪了
母亲说他不怕雪
邻居说外面冷
母亲说他不怕冷

我笑着笑着不笑了 | 东岳

她领着七岁的小儿子
去探监
时间晚了
也跟着在监狱
吃了一顿饭
是土豆炖排骨
小孩子吃得香
说了一句

妈，咱在这里住下吧
这儿有爸爸，还比家里
吃得好

皮影 | 独孤九

窗外有那么多的窗口
有些亮着灯　有些
黑着
亮着的亮得分明
黑着的黑成了一片
我的窗口是昏暗的
我和家人的身影
会时常出现在窗前　后来
就只能看到我消瘦的身影
还总是东倒西歪
那是我在人间的残肢
在跳舞

父亲带我骑大象的那天 | 发小寻

我的父亲带我去骑大象的那天
他整40岁
我14岁
我们相差26岁
我担心人们会对我们产生误会
我担心的事情太多了

以至于忘记骑大象的感觉

那天我骑的大象

身上披着一块漂亮的挂毯

是基里姆风格的

父亲给我拍了几张照片

由于我忘记那种感觉

很焦急地等待冲洗好的照片

来帮助我回味

后来父亲说那天的光线不好

照片全部黑掉了

父亲拿着它们连连摇头

说真可惜啊真可惜

我自己也觉得特别可惜

骑大象可能

并没有像别人说的那样刺激

大象的背部比马宽二十几厘米

骑它就要把腿打开得更宽

这根本不叫刺激

而是羞愧难耐

藏锋 | 冈居木

过去蹲过几年监狱的

姑家小表弟

从外地老家来德州

在东方红大街一路口等我

很久不见了

模样有些模糊

我打电话问他在什么位置

他说让我在路边马路牙子上

找一个剃着光头的人

我一眼就看到了

茫茫人海

一块刺目的鹅卵石

和前妻在珍爱网相遇 | 高歌

原来她现在月薪5-8千

要找的另一半

月薪8千以上

年龄在23-38之间

要求对方会照顾女生

拒绝不易培养感情的

情感被动者

我有点儿愧疚地发现

她刚查看了我的资料

黑衣女人的眼镜 | 海青

全身裹黑袍的女人
上了公车
她的金框圆边茶色眼镜
压在眼睛下边的黑布上
如果她丈夫不在身边
我想象她会
摘下眼镜
让眼睛吹到风

悼念 | 韩东

有一条路是从家到医院到殡仪馆到不知所踪
他们说是从安适到病苦到抗拒到解脱。
这是一条直路就像一意孤行
他们说是轮回你会回到原来的地方。
当你离家时我们全都在这儿
而当你归来所有的人都已经相继远行。

有一条路是从家到楼顶到地面到殡仪馆到不知所踪
他们说是从痛苦到挣扎到终于解脱。
这是一条断头路你一意孤行

他们说就像轮回你会一次次回到楼顶。
当你在那儿时我们全都不在
而当你飞翔时所有的人都在下面爬行。

“到处都是离开家的路”[1] ——死者写道
但没有任何一条路可以带你们回来。

幸福感——致李忠茂 | 何小竹

有一次
忠茂告诉我
吃到好吃的东西
有一种幸福感
反之，就会很沮丧
今天我体会到了他说的
那种幸福感
我用昨天的鸡汤
煮了今天的白菜
太好吃了
忠茂，你是对的

1 引自外外的诗作《来去之间》。

怪梦 | 何小竹

梦中，梦见一男子
大声呼喊：要挣钱啊
喊着喊着把自己都喊哭了
醒来之后觉得这个梦
太怪了，一定要记下来——
一男子在梦中大声呼喊
要挣钱啊！撕心裂肺
把自己都喊哭了

黄昏 | 侯马

世界美好就在于我喜爱黄昏
而生活每天都会送来黄昏
先是晚霞在天边敲锣打鼓
然后树木房屋影影绰绰
鸡犬牛马熟识家门
炊烟旱烟缭绕人间
我的奢望是麻雀安眠
仿佛它们住进了东房
就默认了驯养
不，永远没有这样的时刻

它们比天上的星星都冷漠
而突然黄昏被人类的路灯打断
整个人类也送别了他的童年

喝江河 | 虎子

每次喝酒
他不说喝酒
说喝江河
喝茅台他说
喝了这杯赤水河
喝五粮液他说
喝了这杯岷江
喝汾酒他说
喝了这杯汾河
喝西凤他说
喝了这杯雍水河
不知道产地的酒
北方的，他说
喝了这杯黄河
南方的，他说
喝了这杯长江
只有喝家乡的酒
他不说喝湍河
他说，干

第三条岸 | 霍俊明

一个人从河的这岸
游到了河的另一岸
没有水流声，也没有
拍打水的声音
一切都悄无声息

回头看看对岸
仿佛刚刚离开了一个尘世
这里没有树木
没有石头
没有房屋
只有这条安静的河岸

这一切
似乎是在梦里发生的
只为了验证
一个不会游泳的人
也抵达了河的对岸

卵泡成熟了 | 江湖海

老公老公
医生监测到我的卵泡成熟了
快，快快快
你用微信在医院右手边的
亿嘉大酒店
开一间蜜月大床房
我这就过去

生意 | 康蚂

小贩指着电子秤
教上小学的儿子卖西瓜
两个西瓜11.1元
儿子收了我11元
主动抹了一毛钱零头
小贩教导儿子
钱是一分一毛挣来的
如果这位叔叔
没有一毛零钱
你再抹零也不晚

左秦 | 李柳杨

编选年鉴时
我告诉排版员
得给他加个框
排版员问我
他怎么去世的?
我说可能是煤气中毒
他立马叹了一口气
我以为他会感慨
这么年轻的诗人
死了太可惜之类的话
谁料他说
“那也是有房的人
才能煤气中毒
像我们这样的北漂
连饭都没地方做！”

无题 | 李柳杨

将我们痛苦的经历
刻在石头上
就像阿尔塔米拉洞穴的画像

从一端到另一端

从诞生到死亡

立一座座墓碑

建一个个教堂

直到能用所有的教派

来阐释我们无尽的

生命与死亡

喀什2017年冬 | 里所

1

库如克铁热克二巷的

一家民餐馆里

挂着一幅油画

画的是喀什老城区

被拆毁的一片民居

倒塌的砖块溅起尘土

断裂的山墙

像几颗豁牙

一对年轻的情侣正坐在

这幅画下吃饭

他们愉快地交谈着什么

像是在画中变成废墟之前的

客厅里聊天

2

从日落直到天光消失
吾斯塘博依路的工匠们
继续打铁、制作木器
巴扎上依然飘出
果木烧烤羊肉的熏烟
孜然、羊肝，以及羊油的香气
站在街边等待
漫长红灯的人们
在心中进行礼拜和祈祷
现在他们不能随意打开毯子
铺在路边
祷告
他们只能
用敲打金属或馕坑内壁的声音
作为黄昏时的晚祷

3

为鸽子准备的天空
让位给全城的警报声
最初几天那声音令人心烦
时间久了便如同在夏日听蝉
大小店铺都在原有的门外
多装了一层铁栅门
为了安全人们把自己关进瓮中
而我的姑姑

一个瘦弱的女人和她邻铺的店主

每天都要三次在广场上集合

手握一米长的木棍

做着拼刺的动作，喊出

杀、杀、杀

白桑椹 | 里所

滨河路东边的墓地

曾是我们童年的

秘密园地

桑树结满饱胀的白果

白皙的汁水

迎着白亮的日光

在夜晚的磷火中

最勇敢的男孩

找到一块人骨

挥舞着在我们背后追跑

那年我十三岁

穿过滨河路回家的时候

看见一个死孩子

流淌着脑浆

生死证明 | 莲心儿

社区发通知
一二级残疾人必须拿当天报纸
举在耳边拍张四寸照片
要把报纸的日期拍清楚

我因救人受伤在住院没报纸可看
医院附近也没报刊亭
只好转轮椅到三公里外的地铁站买报纸

我把照片发给社区主任
她说:
“看到了，还活着……你要感恩！”

9平方米的爱情 | 廖兵坤

我对住房的要求
是要能放下我的书
没有想过
能不能放下一个老婆
这三年来
住过最大的卧室

也不超过9平米

但还是把欢笑带进去

让苦恼飘窗而逝

我问她

如果我们终此一生

也只能

住这9平米的房子

你愿意跟着我吗

她说不愿意

随即又说

如果里面装满了

9平米的爱情

倒是可以考虑

她像个傻子

被自己的童话感动了

对着我嗤嗤地笑

死有葬身之地 | 刘傲夫

赶在通电前

他把父亲的老坟

迁到了

高压电线塔下

时间到 | 默问

夫妻俩离开家乡
一个北京
一个上海
经常
在各自的出租屋里
拉上厚厚的窗帘
用眼神办一点床上的事
差不多一袋烟功夫
她提醒他
该上工了

点赞 | 娜夜

我为灵魂的存在和量子纠缠点赞
为暗物质和瓦楞上的无名草
为我书房里两只毛茸茸的鸟
在一幅画的山水中获得了永生
为空荡的监狱
成为被大地遗忘的石头
风沙变成芝麻
为我们这一代人

所经历的……

为银杏叶飞舞着来世

成为金色蝴蝶的愿望

为重庆的太阳

但我有时又站在大雾一边

为这样的上帝:

要善待儿童和诗人

因为他们是我的使者……

在美国哈佛艺术馆

我为家乡的王道士

和流落在世界各博物馆的敦煌文物点赞

——在　就是好

湖 | 南人

记忆的湖底

有许多尸体

你想

它们就会

浮上来

你很想

它们还会

翻转身子

你不想
它们就会
永远沉底

花园里那棵高大茂密的樱桃树 | 潘洗尘

花园里那棵高大茂密的樱桃树
就要把枝头探到床头了

回家的第一个晚上睡得并不好
但看着叶子间跳来跳去的鸟
我还是涌起阵阵欣喜

如果有一天能变成它们当中的一只
该有多好啊

我还可以继续在家中的花园飞绕
朋友们还可以时不时来坐坐

想到此　我好像真的就听到谁
手指树稍说了一句　你们看
洗尘就在那儿呢

城管来了 | 彭晓杨

菜贩子
开着三轮电动车
一溜烟就没影了
他还在慢吞吞
收着自己的货品
不是胆大
也不是有背景
这一货摊的
玻璃制品
急得他
想哭

魔力 | 起子

小区门外路边
一辆没了反光镜的车
占着一个车位
停了一两年
车身上落满了灰
听说有人多次
向交管部门反映

这辆车

依然一直停在哪儿

有一天我看到

车身的灰尘上被人

用手指写了

“自由”两个字

这辆车获得了某种魔力

在几天后

自己蒸发了

屈指可数中的唯一 | 沙凯歌

古今中外

写诗最好的

总是男人

我迷恋他们的作品

也迷恋这些男人

那是另一种

爱情

总有一个男人

被我想象成一个

可男可女

不男不女

既男既女

性别模糊的人

我和这样一个

大诗人

躺在一张床上

亲吻

做爱

拥抱着

哭了一场

祖国 | 商震

年少时在东北老家

每当看到雪把大地覆盖

我都会幸福地想起

“祖国”这个词

成人后在大都市生活

一直没看到铺天盖地的雪

但是想念雪的时候

只要默念一句“祖国”

年少时的雪

就立刻落进脑海

而此时“祖国”这个词
也会发出白茫茫的光

诗歌节 | 尚仲敏

昨天喝多了
今天很不舒服
刚才又喝了几杯
感觉好多了

诗歌节来了很多名人
我敢说
这里面有一些人
可能会死于烟酒
但不会死于做诗

在波尔多的一个酒庄 | 沈浩波

主人在向我们介绍
他家酿的梅洛红酒

他是个基督徒
他说葡萄酒是耶稣的血
这时我听到窗外
漫山遍野的葡萄树
举起干枯的手，齐声唱道：
不，是我们的血

借钱记 | 沈浩波

做建筑包工头的小学同学
打来电话向我借钱周转
数目不菲的一笔钱
理智告诉我不能借
前几年回老家时听说
他好赌，欠了很多赌债
但我最终还是借给他了
他在电话里，一直喊我
小时候的乳名——“小波”

在五星湖 | 唐果

风景很美，人很多
湖水是麻辣蘸水味的
太阳是烤肉味的
而树枝，是泥炭味的

致科恩 | 唐果

穿红衣的泰迪狗
戴眼镜和白帽子的年轻女人
戴黄帽子的白癫风患者
把背包背在前面的干瘦男人
低头玩了半个小时手指的女人
一身红衣倒退着走的短发女人
不停打哈欠的脸上长斑的男人
拿水枪玩水的男孩
和怕他掉下水，拉着他衣襟的母亲

他们有的抽烟，有的没抽
有的看看从前面走过的人，有的不看
有的背对太阳，有的面对
我坐在冰凉的大理石台阶上

风把我的头发吹向右边
泰迪狗跑累了也来我旁边坐着
它张大嘴，露出尖利的牙齿和腥红的舌头
风把它棕色的毛吹向右边，卷毛遮住双眼
但我没有心情替它撩开毛发
因为我戴着耳机，听科恩哼唱
科恩性感的声音提醒我
我是一个性欲尚未完全消退的女人

讲台 | 唐欣

学生最多的俄亥俄州立大学
最有钱的是　费舍尔商学院
女儿带着他　参观教学楼　环境
似乎有些熟悉　又不大一样　来自
文明古国的副教授　不能不有所
表示　他登上讲台　面对空空的
半圆形的阶梯座位　煞有介事
背诵了唐诗《春江花月夜》

上帝是个女人 | 天狼

她终于打完了电话
可嘴还是没闲着
语气和打电话时一样
凭什么就得女人管
孩子不是你的吗
谁生的就该谁养
那样上帝也太不公平了!
她端起咖啡
赌气一样喝了一口
你等着
她对我说
又来好事儿了
你看当女人有多倒霉
她拉开小包
取出一样东西攥在手里
一边起身一边说
上帝一定是个女人
只有女人治女人才会这么绝

1976 | 王清让

妈妈生下了我
爸爸胸前却别着
一朵小白花
站在人群里
对着一张照片
抽泣

团圆日 | 王有尾

眼花的母亲
正把线穿过针眼
有几次
就差那么一点

旁边的二姐
夺过母亲的针线
一把就穿了过去

卧床一年的父亲
在床上练习翻身
有几次

就差那么一点

旁边的大哥
托住父亲的屁股和肩膀
一把就翻了过去

院子里
外甥外甥女侄子侄女
爬树的爬树
丢沙包的丢沙包

太阳正缓缓的
从一小片云彩里走出来
照亮一院子的人

高中听演讲 | 王允

台上的人高喊
想一想你们的母亲
每天那么辛苦
黑发变成白发
汗水混着泪水
怎么忍心虚度光阴

然后拧开音乐

放《感恩的心》

底下同学哭成一片

这么拙劣的煽情

老子可不能哭

我强忍着泪水

手拍大腿打乱音乐节奏

后来实在撑不住

仰着头跑回教室

幸好我走得早

留下来的同学

哭完之后

一人买了本

那人推荐的英语教辅

秋日的早晨 | 苇欢

女儿抱着一本

画满动物的绘本书

爬上我的床头

“在你四岁时”

她轻轻地说

“最后一只海滨灰雀也离开了”

她在光里蜷起身体
模仿一只袋狼
我闭上眼睛揽住她

那些早已灭绝的动物
都回来了
带着一个孩子的体温

买把新二胡 | 乌城

岳父有把旧二胡
很多年没有拉响过
放在衣柜上
落着厚厚的灰
他的二胡
有特殊用途
岳母每次牙疼
他就在琴弓
剪下几根马尾毛
烧成灰
涂在疼的牙上
让岳母咬住

哥伦布 | 吴雨伦

上海滩的夜晚
看着黑色的黄浦江上
一艘艘货船
驶向大海
内心很难产生什么波澜

当我第一次拿起地球仪时
便对这个星球失望至极
——它已然无法满足我对神秘感的需要

有时候会很羡慕哥伦布
五百年前的夜晚
大西洋深处的小船上
只有这个幸运男人的烛光
燃烧在无限绵延的黑夜中

燃烧在倒映整个星空的海面上
燃烧在上帝眼球的倒影里

医院最好看的女人 | 西毒何殇

唐都医院住院部
十七层呼吸科
上来的女人
是我今天早晨
遇到的最好看的女人
她说那个叫崔凯的
男医生长得很帅
是护士们的男神
她和闺蜜旁若无人
嬉笑了一阵
才说
“我早就把自己
判了死刑了，
今天来医院
就是听他宣判的。”

谁说达摩面壁无聊 | 轩辕轼轲

见我写的一组日常生活
一位美国女诗人惊呼
“天哪，过这么无聊的日子”

我只好实言相告
“达摩面壁更无聊”

瞎混去吧 | 闫永敏

我回忆当年放弃考博的事
母亲建议我现在就去考
她说反正你不结婚
瞎混去吧

我准备去西安旅游
她说反正你不结婚
瞎混去吧

我想吃榴莲披萨
反正你不结婚
瞎混去吧

你再这样说我就写出来
反正你不结婚
瞎混去吧

醉太平 | 严小妖

就快要醉了

你还没来

你再不来酒劲一过

我又会清醒

真是难为我了

不能太醉

不能太醒

我都想好了

只要你一出现

我就立马晕乎乎的

结账的事情你来

我提前结了也可以

我们会走到

一处路灯坏了的拐角

那里有一颗石子

会崴了我的脚

你扶着我

平时你并不敢扶我

我顺势朝你身上靠去

脸颊恰好贴上你的耳根

远飞969 | 杨黎

一转头，外面天空好亮
她站在天空下
骂她丈夫，一整条胳膊
与阳光一体：其余的
都是阴影

千年雨 | 伊沙

我从日本归来
长安大雨如注
一路未用的伞
终于撑开了
从伞下
我一眼瞄见的
乱云飞渡的长安
是一千年前
遣唐使从斗笠下
瞥见的天堂

赴宴 | 易志刚

从北城赶到南城
酒菜上齐
人已入席
唐总是从西安来的
朱总是从山东来的
沙总是从湖南来的
白总是从四川来的
牛总是从山西来的
鱼虾是从南海来的
螃蟹是从长河来的
乌龟是从深山来的
牛羊是从草原来的
飞禽是从天上来的
大家一一见过
举杯欢饮
酒过三巡
唐总开始说法
白总变成了妖精
朱总醉眼迷蒙
牛总呼风唤雨
沙总刀叉相向
我举起一双金箍棒
大喝一声

满桌虾兵蟹将
飞禽走兽
顿时丢盔弃甲
尸骨遍野

蛾爷 | 于行

爷爷已经
过世三年多了
这三年里
每年四五月份
河里开始涨水
吊在门外的白炽灯
就会引来
一大堆涨水蛾
迷信的奶奶
会挑最大的一只
不拍不打
就让它安静地趴在灯下
然后转身对我说
看
这是你爷爷

二手材料要写出一手效果 | 袁源

今天早上一进办公室
杨勇老师就眉飞色舞
讲他在路上看见
一个老太太遛狗
心浮气躁
狗不愿意走
她就拎着绳子
往上一提
再朝下一顿
像打桩一样
拖着狗前进
由于他边说边演示
动作过于逼真
我看见随着他手臂起伏
一只汗毛炸裂的狗
在我们办公室地板上
被砸得嗷嗷乱叫

童年记事 | 岳上风

“赊小鸡唉赊小鸡……”
一开春

挑着担子的卖鸡人
就在乡间吆喝起来
那声音拉得很长
像唱曲

再开春
鸡就下蛋了
他又挑着小鸡来吆喝
并拿出记账本
找上年的赊鸡户

日头要落时
他担走满满两筐
土鸡蛋

驯兽记入门 | 臧棣

黑影憧憧，踩踏的响动
经脆断的枝叶反弹后，
粗重的鼻息渐渐从宇宙的背景中
过滤出新的物种：一旦靠近，
你可能是它的皮，鬃毛倒立，
紧张得就好像在你和死亡的对峙中，

悲伤是一头野兽；新的饥饿
已经形成，食物链的顶端，
你的愤怒比世界的虚无
还要精确一万倍。要排序的话，
按黑暗的程度，孤独是另一头野兽，
以生活为迷宫，将它的粪便
醒目地涂抹在白日梦的出口。
而你太爱干净，不甘于
假如按熟悉的程度排序，
死亡是你的最大的洁癖。
常常，趁着夜幕，巨大的悲伤
兽性弥漫，将命运反刍为
按胃口的大小，死亡无法改变
我们之间的心爱；死亡能改变的只是
我们之间还剩下多少粒虚无。

抓阄 | 张侗

母亲是退休教师有工资
兄弟俩都想养母亲
不愿养当了一辈子农民的父亲
他们闹了好长时间的矛盾
中间人说
是王八是鳖抓起来看看

老二先抓

打开看一眼

往地上一扔说狗日的——爹

老大说阄不用抓也是娘

老二不同意

说两个阄都写的是爹呢

老大把阄打开

伸到老二眼皮底下

说睁开你的狗眼看看——娘

悟空 | 张文康

在中国

一半以上的情趣内衣

产自灌云县

这个小男孩

每天下午

都在妈妈的缝纫机旁

写作业

在他写数学作业

和语文作业的

空档

他会帮妈妈搬几箱

开裆蕾丝内裤

地瓜记 | 赵思运

地瓜姓练
山西运城平陆县人
他娘饿得三年没来过一次例假
1962年秋
地瓜大丰收
练地瓜才得以
瓜熟蒂落

地瓜应该还会有三个弟弟或妹妹
因为养不起
没出生就被娘弄死了
第一个是趴在水缸上硌死的
第二个是趴在粮食囤上硌死的
第三个是
趴在床帮上硌死的

人马 | 周瑟瑟

每个人小时候
都有一双马的眼睛
睫毛巨长

盖住了整只眼睛
我静静地站在那里
看大人们
有说有笑走过我身边
我不为所动
我像一匹马
似乎没有看你
但我心里把你
记住了
长大之后
我认得出
我看过的东西

磨刀记 | 邹雪峰

每逢周末
一个磨刀师傅
就会来小区里磨刀
从早磨到晚
一把把刀
又找回了它的锋利
来磨刀的
多数是家家户户的女人
常能看到

女人们提着一把
磨得锃亮的刀回家
即使走在春风里
样子还是有点狠

2018年度
中国先锋
诗歌年选

辑一

自有癫狂一面

获奖 | 摆丢

这些年我拖家带口

没有存款

租住27平米

自己的公司

只在梦里成立过

但也不是一事无成

北京某品牌战略中心

又一次把我评为

“中国企业优秀创新人物”

这已是连续第二年

获此“殊荣”

只要交18000块钱

我获奖的消息

就将通过

XX社 XXTV XX网 XX报

向全球发布

可是房东刚刚打来电话

月底再不交房租

全家滚蛋

落榜生 | 摆丢

山洪暴发时

农村女孩王厚兰

卷入都柳江

在黑夜的滩险浪急中

被冲下两座电站

撞掉两颗门牙

趟过三个县一百七十公里

历经十一小时

在我们县码头获救

她与洪魔斗争的事迹

被多家媒体报道

得知是落榜生

一所大学破格录取了她

她实现了大学梦

乘地铁 | 摆丢

车厢门一打开

我和儿子抢到了座位

在英国留学六年的苏不归

很绅士地站在旁边

其实我一直教儿子

你拼不起爹

你必须学会挤

儿子领会精神

屡次得座

我后来对苏不归说起这事:

在这个国度

大家都长着一副争抢面孔

不挤，就被人家挤下去

他说：对，有了小孩

我也要教他

挤

彩礼 | 摆丢

对未来的岳父

扔下一句：你女儿

是金子做的吗

但顾及女友肚里的孩子

小朱还是答应了

打折后的彩礼——

二十八万八

老爸给十万

自己有五万

再借五万

余下的

女方家要求打欠条

小朱还完账

儿子刚过四岁生日

老婆终于同意

离婚

母亲的姓名 | 摆丢

因买机票

这么多年来

我竟然第一次知道

母亲在身份证上的名字

母亲本姓钟

身份证的姓名却是

王江妈

是村干给起的

我姓王

我的小名叫

江

伤疤 | 春树

一个女人正在桑拿室
躺着蒸桑拿
我铺开浴巾
也躺了下来
听到那个女人发出沉沉的呼吸声
像是睡着了
她躺着
丰满结实的乳房和壮硕的身体
蜜糖般的肤色
像大地之母
我把手轻轻盖在
自己那道
剖腹产伤疤上
又轻轻挪开
我也闭上双眼
享受着温暖和舒适
让自己尽量
什么也不想
第三个女人推门进来
向我们打招呼
“你好”
我蜷起双腿
给她让了点地方

我们赤身裸体而躺

三种肤色

同样静默

第一个女人离开时

我睁开双眼

一眼看到那个后来进来的女人

漂亮的乳房

而左乳是一道扭曲的伤疤

她都经历了什么？

我们继续躺下

我们的身体

就是我们的经历

写满我们的故事

我们避而不谈

我们非常满足

此时此刻

我们享受着蒸桑拿

关系 | 春树

我去皮肤诊所

给剖腹产伤疤打针

为了让它看起来更平滑

这次给我打针的

是位男医生

帅气　有一双蓝色的眼睛

我立刻就不好意思起来

幸好今天穿了条黑色蕾丝内裤

我的不好意思也挺不好意思

我把内裤向下褪了褪

用手紧紧按住

他移开我的手　帮我按住了内裤

“这样方便我打针”

针刺进我的伤疤

疼痛是那么真实

这迷幻的氛围

让我想到法语课上那个帅气的黑人老师

啊，医生不能和患者上床

老师不能和学生上床

你们的关系

仅仅是此时此刻

无有其他

“我还需要再来吗？”

临走前　我忍不住问了一句

一点一滴 | 春树

家里没咖啡了
我去咖啡馆买
当我一手端着一杯咖啡
往家走
包里还揣着一袋咖啡豆
想起他以前经常给我买咖啡
还有面包
才意识到爱是一点一滴
它是一点一滴来的
也是一点一滴走的

看不下去 | 春树

我坐在长椅上抽烟
在朋友圈里赞美着阿姆斯特丹
一个店主出来擦玻璃
擦啊擦
直到另一个男人走过来问他
你在干嘛
一个女士坐在这里
你为什么不理她
干嘛不跟她聊聊天

自有癫狂一面 | 春树

看《卡拉马佐夫兄弟》

引出我深深思索

可算找到我性格里复杂矛盾的源头了

我确有疯狂一面

确有不理性一面

确有渴望燃烧渴望纵身一跃的一面

要不然怎么会总是痛苦呢

但至少大面上是向着光明的

所以癫狂就癫狂吧

接吻是什么意思 | 从容

满世界都是

蓝干部服

绿军裤

我

躲在家里看包法利夫人

看川剧折子剧目

看安娜·卡列尼娜

满脑子都是

腰间撑着骨架的蓬蓬裙

甩着水袖，手拿丝帕的小姐
窗外灰压压一片

突然有一天
牛顿看见苹果掉下来
我想象出接吻是什么样的
像获得了某种科学成就
欣喜了
一个学期

抗日战争 | 从容

外婆逃难，
丢下宋瓷和玉器
手里抱着二舅，
难民们挤在山上
都屏住呼吸
有人挑头说：
这孩子哭了怎么办？
全体都想把外婆和孩子撵走
外婆说：如果他哭，我就地把他掐死，
绝不会影响你们的安全！
六十年后我问她，

如果二舅真的哭了呢?
她说：那我只能掐死孩子。

冬至那天 | 从容

听说德高望重的老潘
赋闲后一年,
趁着老婆冲凉
吊死在客厅
据潘夫人说:
这之前,
没有任何不快乐的迹象

我回到家里
看着天花板发呆
这得多悲壮
让他
视死如归在
一个女人面前

外地工作的儿子
接到的通知是
父亲死于心肌梗塞

黄昏时分 | 大友

父亲出远门
母亲等他回来
在院门口
从早晨等到黄昏
瞧他回来了
一个人影站她面前
母亲瞅了瞅
一根树桩
上头搭了一件衣服
母亲很伤心
黄昏时分
老眼昏花的母亲她很伤心
正要安慰她几句
母亲不见了
和树桩一同不见了
院门口只剩我一个人
孤零零一个人

乱坟岗 | 大友

“什么是乱坟岗？”
我问

“出生不足一个月，”母亲说
“不埋
直接丢过去
我丢了两个”
窗外大雾
和我七岁那年一样大
妹妹躺在堂屋的泥地上
妹妹躺在一抱稻草上
妹妹被捆起来了
妹妹成了一捆稻草
“后来呢”
“狗吃了呗”
母亲继续看电视
央视的
娱乐节目

父与子 | 大友

我再婚儿子是知道的
再离他也知道
再离后又婚他就不知道了
在北京读书的儿子
寒假刚进家门

我干咳几声后和他说

儿子有件事电话里我不好意思说

现在也还不好意思

但我必须说

我又给你找了一个阿姨

他嘿嘿一笑

爸爸您不好意思

又不是

第一回了

好朋友 | 独孤九

他还在路上

我已经直接进入她的身体

她抱紧我

眼里有泪

她说着“他就要来了”

她说着“我不后悔”

我们约好一起去大沙河玩儿

我比他先到了两个小时

后来我没有去大沙河

我说有事就先走了

后来知道他们也没有去
她说肚子突然有点儿疼

他去美国上学的时候
我已经开始在发电厂上班
她说不管我做什么都跟着我
我们一头扎进投机倒把的大潮

热吻 | 独孤九

石家庄老火车站北侧
革命英雄纪念碑在一个小广场上
纪念碑底座周边坐着人
我们拉着手经过这里
她的手很软很热
就像夏天的沥青路面
延伸到纪念碑北侧大石桥的桥洞里面
哦　为什么分开

冬至 | 独孤九

冬至，是个节气
也是我的生日。过了冬至
就快要过年了，过了冬至
我就又长了一岁。
一些事又会被忘掉，就像
一些雪被另一些雪覆盖了。

刚刚黎明，过一会儿
我才会睁开眼睛。我一直被呵护，
死亡没来之前，我就拥有着父母。
今天，我应该整天待在床上
蜷缩在襁褓中
胖胖地微笑

我的良心和阴谋还是我的
邻居家的狗还时而狂吠
我的女人还爱着我，我的女人
今天就是一锅沸水
我被煮在里面，肚大皮滑
滚来滚去。

一辆车停在路边 | 独孤九

又下雨了　还不太大
路面在眼框里
一点点的湿

在不碍事的路边停车
熄火
趴在方向盘上
能听到雨声大了
能听到别的车在鸣笛
能听到自己正在唱起一首歌
一首和雨有关的歌
歌声在一辆车里回荡
再没有其他人听到

没有人会注意
路边那辆车有些不同
它湿润　它疲倦　它隐忍而嘹亮

后来 | 黑瞳

我跨过中间的人群
把你从队伍后排抓到

前排挨着我

一高一矮

我们成了班上最醒目的同桌

睡不着的时候我溜到你的床上

你整洁的床带着柠檬和枣子的气息

食堂的阿姨说我们长得像姐妹

你盯着那些多看了我一眼的男生

在校园的篮球架下，你笑着说

“长大后

你就嫁给我吧”

长大后

我嫁给了一个男人

你接着嫁给了一个男人

这会不会是我们后来

绝交的其中一个原因

不能入诗 | 黑瞳

这一个月

我花时间护肤、健身

炖补品

我不希望在诗里哀叹

像一个被抛弃的怨妇

要是能选择

我当然希望

长着最艳俗的样子

写着你想不到的文字

白色花圈 | 黑瞳

早上我匆匆走过

小区的分岔路口

夜里下过雨，树叶滴水

树上靠了一个新花圈

我抬头看见讣告上

黑白照片的老头

傍晚下班再次经过

我停下脚步

又望了眼照片上的老头

读讣告上的文字

简单记录的一生

他活到93岁

退休于

国营食品厂

小秘密 | 黑瞳

就在外公去世的这几天
女儿开始一个人睡了
她不敢熄灯
说害怕黑暗中的鬼魂
让她愿意忍耐这份恐惧的
是她刚刚发现
自己的乳房
长出了小秘密

老年的体面 | 黑瞳

我爸劝我妈出去旅游
我妈不去，她还要挣钱呢
旅游花钱
她说等以后老了没用了
流着哈喇子
钱给了保姆
才能帮你擦得干净些

只有那些人会爱 | 黑瞳

我看到很多人都在等待和寻觅
希望在人群中通过另一个人看到爱
但没有人能得到

每个人敞开胸口
都是醒目的
爱的赤字
没有人多得溢出来
除了那些刚刚成年
从父母身边走来的

松隐 | 霍俊明

想象中的泉水并没有出现
有人敞开车篷
车体散发着钢铁的热度

松树下的屋檐
往往没有人居住
松针逼迫着阴翳里的寂静

白衣长袍兜着松针的人
松针煮酒治疗隐疾的人
早已经死了

松脂的味道是粘稠的
蚊蚋的尸体
偶尔裹缠其间

微弱的风吹不动松针
更多的时候
它们安静不动

密集的尖锐一致向外
无人触足
那些松鼠是少见的
踩踏刀锋的隐士

红花结莲蓬，白花结藕 | 霍俊明

北方一场暴雨
我在回程的火车上
母亲打来电话
她好久没主动打电话给我了
她问我在哪儿

我说在火车上
她声调突然高了许多
像年轻时候
她在傍晚扯着燃烧的嗓子
喊我回家

她让我少出差
显然她刚看到了新闻
西南地震，南方台风
是的
此刻我正在暴雨中
她突然说——
你堂哥没了
老板给他一百块钱去清理烟囱
雨很大，掉下来了

醒来还是梦里好 | 霍俊明

梦里
你在我的身边
我们在船上，或者像是
在一辆车上或者是
马背上
那是我从未见过

也从未想象过的

高山中绝美的湖水

它比亲眼所见还真实

梦是醒了

但还是梦里好

可以在梦里死去多好

就在那片谁也没有见过的湖水前

夹竹桃下的人 | 霍俊明

粉的和白的夹竹桃

它们看上去竟然很高大

那些瘦弱的人

在树下兜售应季的水果

他们此刻在正午的阴影里

再背后是一个山坡

唯一的路通向那些更深暗的褶皱里

他们应该是从那里赶过来的

他们还将再次返回

没有人看到他们曾经和必将赶路的样子

他们在夹竹桃下的阴凉中
花期正好

那些阴凉
还将持续好长的一段时间

迷津 | 了乏

炒股十五年
从未中过新股
经股友点拨
遂向后山济世庙先觉大师请教:
“炒股打新从未成功
请大师指点迷津”
大师双手合十眉头紧锁:
“施主你心不诚啊
妖怪才要打
新股是菩萨
得说请”

悲哀 | 了乏

侄子买房
大哥问我借2万
我答应两天后给

第二天接到单位通知
接续职业年金和养老保险共计9万3千多
而我只有5万存款

我把实情告诉大哥
虽然他连声说着没事没事
语气里却明显透着不信

怎会这么巧?
换成是我
我也不信

阿弥陀佛 | 了乏

她离婚后
开始吃斋念佛
不遗余力劝说身边人皈依佛门

在成功将母亲拉下水
与亲妹妹几近断绝关系
逼走骨瘦如柴的女儿之后
她现在强制要求家猫
和自己一起
吃素

岁月 | 了乏

小梅生完孩子后
奶水很足
自己孩子喝不完
就挤到碗里
让晓强拿回家
喂女儿昕昕
昕昕喝不完
晓强就一口干掉
在很长一段时间里
晓强见到小梅
都要打趣一番:
我喝过你的奶
小梅每次都羞红脸
躲到一边

不知从什么时候开始

情况有了明显变化

小梅见到昕昕

就拔高声音：

昕昕你喝过我的奶

你爸也喝过我的奶

说罢哈哈大笑

而晓强则满脸通红

气极败坏地吼一声：

滚一边去

仇敌 | 了乏

当你兴致勃勃

将一首

得到爸爸肯定的口语诗

充满期待地

递给老师

老师却冷冷扔过来

四个字

“这不是诗”

致使你从此

对口语诗保持警惕

从那一刻起

孩子

你要记住

这不仅仅是误人子弟

他更将是你

一生的仇敌

豪猪 | 里所

一个男人发出奇怪的声音

冬夜我从他身边快步走过时

豪猪，这个词跳了出来

醉酒让一个人接近了动物

不，接近了我想象中的动物

我什么时候见过一只真正的豪猪呢

从来没有

新的人生 | 里所

打扰了，需要贷款吗？无押金，出贷快

宽带不限流量，买一年送一年

请问是李总吗？邀请您参加
在济南喜来登大酒店举行的
全球经理人高端论坛
亚运村租房了解一下
你好，你的房子准备出租或出售吗
你有一张免年费的信用卡可以领取
整体家装现在七折
……
尊敬的女士，请您一定不要挂断这个电话
只需要耽误几分钟的时间
您就能开启新的人生

我妹妹说灵魂不需要身体 | 里所

他不时发来问候
叮嘱她吃饭
所有相亲对象中
他是最平和的一个
在钢管厂工作
不善言辞但真心可见
有次他们吃了羊肉
我妹妹说羊肉好吃
不久他便说再去吃羊肉

天冷他大着胆子

问她是不是手冷

然后轻轻拉了她一下

她看见他少了三根手指

三根还是两根

她说反正我不在意

我妹妹说灵魂不需要身体

螳螂 | 里所

一只螳螂站在路上

秋天的阳光点亮

它羽翅的鳞片

四根细细的腿

支撑起饱满的肚子

两大前肢高举

如带刺双刀

当它机警的三角头

转向我的时候

既像刚刚起航升空的外星生物

蔑视地看了一眼地球

又像合掌的僧人

轻轻说了声

施主

色达短诗（选章）｜里所

与不用手机的老牧民
约定两点半在金马广场见面
等他出现时的心情像等待情人
*
阳光下打着黄伞的僧人走过去
黄金在他头顶闪光
这不就是最引领时尚潮流的配色
*
高反头疼的夜晚
想到过去多次忽然燃起的热情
都只是蜜蜂蜇人般的妄想
*
桑吉笑起来白牙明眸五官好看
却说自己算不上康巴汉子
因为长得太矮
在我心中他就是
*
下雨女孩去山上赶牦牛
我们走的时候看见她在高处
黑色牛群中一点小小的红色
小到眨眼就看不见了
*
发热的爱到色达就冷了
不必强求最好

并非高原令人宽心
只当命里没有罢了
*
明年的愿望尚不知道
更别说五年之后
“明天或来世谁先来到
我们并不清楚”
*
蝴蝶匍匐地上
因为节气已过
牛骨立在河边
血肉才是软的
*
山墙上野草生长
时间久了绿色如坠
心里的感情积攒久了
不说不说就暗淡成灰
*
因为不想生孩子
曾目睹妈妈生孩子时痛得满脸流汗
十岁小女孩确雄的愿望
是满十八岁后去当出家人
*
每个藏民脑袋里都有一个闹钟
这闹钟不停地响着
每响一次指针都指向拉萨

我希望你说一些粗俗的事让我快乐 | 刘傲夫

妻子是个诗人
我也是
我们每天过着
纸上的日子
有一天，她从一本
外国诗人的集子上
抬起头来，说
我希望你说一些
粗俗的事
让我快乐
这句话，其实
我等了她
好几十年

可以当真 | 刘傲夫

当我说
我的诗是天下第一
你肯定会说
“你疯了？！”
但我心里

就是这么想的

你说怎么办?

夏天 | 刘傲夫

瓜买回来后

妻说

昨天那个小种瓜

甜是甜

就是太稠了

我一边应和

一边握刀

大西瓜很快

裂成了两半

露出了脆脆的

红瓤

妻闭上眼睛

吸了口气

笑了

“听这瓜气

买对了”

支持伊朗革命 | 马非

不说别的
我也不知道别的
也不关心别的
只此一点足够——
那个登高望远
扯掉头巾的女孩
真是漂亮

解放 | 马非

老李家原来是
黄南的一个千户
有一次我随其
来到这片草原
在宿酒未醒的清晨
我们来到户外
他指着远处几个
不知干啥的姑娘
听不出是真
是假地说：
“要是没解放

她们都是我的”
停顿一下又道：
“作为我的朋友
当然也是你的”

矛盾 | 马非

早春二月
江南水乡
寒气逼人
有一晚
丈母娘
一边流泪
一边对我说：
“等你丈人
走到最后一刻
我要告诉他
我恨你
恨了一辈子
现在还不行
他身体不好
我一说
立马就得气死”

山 | 马非

蚌埠至徐州
中间没有山
连小丘陵都不见
在青青的麦苗间
倒有很多土坟
异常醒目
每看到一个
坐在对面的小孩
就大声喊:
“一座山”
截至我写作本诗
火车的车窗外
已出现五十六座山

一个日本人 | 马非

一个其貌不扬的
日本人小岛先生
无偿投资在青海省
建了一个小岛基地
几十年过去了

年前他死了

但在一段时期

他仍然活着

在一部分中国人

也就是小岛基地

职工的心中

我为什么知道

其中有我老婆

大师真牛 | 马非

爱因斯坦

在获得诺贝尔奖物理奖

发表的演讲中

谈了生死

谈了自由

谈了社会责任

谈了政治理想

谈了军事和战争

谈了宗教和自我追求

就是没谈物理学

夜归 | 南人

一盏接一盏
依次打开
每个房间的灯

那些在黑暗中住着的灵魂
你一开灯就会倾刻间将它们
全都赶走

所以
开灯不能开得太快
好让那些灵魂
从容地
穿上隐形衣
并且
有尊严地离开

体内 | 南人

外面太吵
我用两根手指插进耳朵
马上听到了

体内的声响

先是呼呼的风
哦，我的体内关押着风

然后是机器轰鸣
哦，我的体内关押着一座工厂

接着是远处海浪拍打渔船礁石的声响
哦，我的体内关押着海、渔船、礁石

再听到烈火燃烧引发的一串爆裂之声
哦，谁他大爷的在我体内放了一把火

我赶紧松开手指
哦，还是外面安静

如此残忍的生命回放 | 南人

死刑犯
被押赴刑场

行刑者
举枪

“啪——”
一枪毙命

一位母亲
排队缴纳子弹费

我把上述过程
全部录制下来
回到家里回放

一位母亲
含泪买下一颗子弹
找来一位杀手
朝自己儿子的后脑勺

“啪——”
就是一枪

青春 | 南人

女儿长大了
到了谈恋爱的年龄
再想约上她

聊聊天
看看电影
打打台球
已是难上加难
我自己清楚
她这个年龄段的女生都这么想的
除了工作交往之外
不是谈恋爱的异性交往
都是在浪费时间

那些过早死去的孩子们 | 南人

坟太小
小到
大风刮上几次就抹平了
小到
大人们念叨几次就忘光了

这些
短短的命
这些
小小的鬼

手枪 | 起子

我从握紧的拳头中
伸出食指和大拇指
做成一把手枪的样子
指着面前的狗
狗不知道这是一把“手枪”
它把鼻子凑过来
闻了闻
接着用头顶着我的食指
这样我只能
把其他三根手指
全部摊开
抚摸它的头

记忆碎片 | 起子

我牵着我的
苏格兰牧羊犬
走在大街上
遇见一位老农
一脸慈祥
上来跟我打招呼

“你的狗
打算什么时候杀？”

河 | 起子

十几岁的堂哥
从桥上一跃而下
一个猛子扎进河里
很久都没有露出水面
我父亲着急地
也跳进河
但他在水下没有摸到人
当他换了气再下去
我的堂哥从很远处的河面
露出脑袋和一条胳膊
手里抓着一只河蚌
堂哥和我父亲
如今已经绝交了十多年
他们都憋着一口气

送烟 | 起子

装修房子的
施工队长跟我说
要跟物业搞好关系
可以去送一条烟
他还跟我说
要找找城管的关系
想办法送一条烟
后来我买了一条烟
送给了施工队长

医生春林在酒桌上谈他做外科检查的经历 | 起子

她们躺下
把衣服拉起来
等我检查
我不觉得美好
也不讨厌
心无杂念
只是好好检查
当她们穿戴整齐
走出去

到了街上
我又觉得她们
那么美好
想把她们的衣服
脱了

夜 | 起子

有一天半夜
我们正在吵架
吵累了我去厨房倒水
看到对面楼里
一扇亮着灯的窗户中
有两个人在做爱
我静静地看了一会儿
喝了口水
回去继续把架吵完

卡车 | 沙凯歌

一位新疆阿克苏的读者加了我微信
他说爱上了我的灵魂

我问他我的灵魂是什么样的
他说是“一辆崭新的24轮的卡车”
真是个漂亮的比喻
于是我翻看了他的朋友圈
发现他是个水果商，就下单买了箱苹果
我告诉他：
我这个大卡车也就这点儿运载量了

命 | 沙凯歌

我爱过的男人都有一种抑郁的气质
他们都不喜欢我写诗
就连那个当过诗社社长的男人
也嫌弃我在写作上花费了太多时间
我爱过的女人都很低调、主流
我写的诗与她们认为的诗相距甚远
对于目瞪口呆的作品
沉默已是最高奖赏
爱与诗当然都是美好的事物
事实上，这一切从未共存

侠义心肠 | 沙凯歌

她的同事要提拔副处了
她编了一个流传甚广的谣言
说某部门的几个小姑娘
写信到纪委
联名抵制那位同事

她的同事不仅长得漂亮
还得领导欣赏
她给人家造谣说：
长那么瘦还不是因为乱搞
光流产就五六回了

以上两个坏人
不是同一个人
但她们今夜
都在微信圈里
悼念金庸

深圳爱情 | 沙凯歌

她想让男朋友到深圳来
好能生活在一起

男朋友说：

“我只能呆咱们老家湘潭了

你的崽还小，我的崽也不大

大城市生活成本太高

我又不是那种会赚钱的人”

她盯着手机屏幕

发呆了很久

一个男人，承认自己，不会赚钱

她快要哭了

她真想脱口而出：

“你人来了就好

陪着我就好，剩下的交给我

什么房子、钱、孩子的教育

我来搞定”

但她说不出口

只有沉默

知道自己

其实也是

那种不会赚钱的人

想到午餐就有点发愁 | 沙凯歌

整个上午
我只喝了一大杯玫瑰茶
现在我的胃是一只华丽的浴缸
需要一块漂亮的肉

现在他们全都知道了 | 沈浩波

我目睹过很多人
失去他们的爱情
在失去的时候
他们都不知道
此刻失去的
是人生最珍贵的东西
没有一个人知道
任凭那些闪光的爱
化为昨夜烟花
我想起了我认识的所有
失去爱情的朋友
眼前浮现出他（她）们的脸
看到了那些缩成一团

悲伤的灵魂

现在他们全都知道了

包括我

祭日狂欢 | 沈浩波

每到一个著名诗人或作家的祭日
那个已经死掉的家伙就会兴奋得像
出版了一本新书一样
从坟墓里跳出来
挥舞双手宣传自己
倾听哗哗如春雨的掌声
过瘾极了
过不了几天
疲劳地重新沉入死亡
这是不是有点儿可笑?
我问自己
如果几十年后轮到我的祭日
而我竟享受不了这个待遇
会不会心有不甘
在坟墓里气得磨牙?

十字架是一把剑 | 沈浩波

库斯科大教堂
接近穹顶的最高处
弗朗西斯科 · 皮萨罗
征服这片土地上时
带来的巨大十字架
像一把高悬的剑
这是我第一次意识到
十字架像一把剑

上面有人 | 沈浩波

两年没见
今又重逢
以前的他
性情柔弱
不善言辞
从不与人争执
脸上挂着
温和的笑容
这次见面
言辞陡然铿锵

说话都像演讲

咄咄逼人

指责我没读过神学

我并不愤怒于

他对我的指责

只是好奇于

变化如此之大

信仰了上帝

竟能改变性格吗?

随即恍然大悟:

如今他

上面有人

何日君再来 | 宋晓贤

过了很多年，我才知道，邓丽君，是一个劳军女郎。

这并没有让我轻看她，以及她的歌声。

她的歌声，太温柔了，实在是，具有古典女性的美。

在80年代，这温柔的声音，可是极为紧俏的物资。

仅仅是因为，它，没有多少重量，所以，容易被人用耳朵偷偷带进大陆。

大陆的长辈，把她的歌声称为靡靡之音。

我，不太明白，是亡国之音的意思吗？

反正，男人一听到那声音，心就融化了，就不想打仗。

无题 | 宋晓贤

他信耶稣之后
为人处事有了改变
身边的人
都说他像活雷锋

奇迹 | 宋晓贤

一桌子人正在吃饭
身边的小燕子
忽然异样地看着我
我也盯着她
望进她清澈的眸子
我以为有什么奇迹
如同摩西从山顶下来
我以为自己会得到
意想不到的称许

原来只是因为

两杯啤酒下肚

不胜酒力

我的脸

红了，并且红得

有些吓人

风信子 | 宋晓贤

风信子开花了

站在阳台上

晒太阳

一束橙的

一束粉的

就像两个刚烫了头发

的中年女人

哦，我想起来了

像极了那年秋天

两个告密的女人

白话诗 | 宋晓贤

你去哪里?
翻译成书面语
居然是

你往何处去?

梦渍 | 唐果

睡醒之后
梦像潮水一样退去
梦渍留下来

如果我做的是美梦
留在我脸上的梦渍
便是白色的
像抹了一层香粉

如果我做的是噩梦
留在我脸上的梦渍
便是茶色的
像有人拿我的头当药罐

熬了一夜的中药

如此，也许你能理解
为什么我早上起床后
有时急于洗脸，有时不

缝隙 | 唐果

我在我的身上摸到了很多条缝隙
我不知道它们是什么时候出现的
因此，我无法为它们命名

跟非洲大峡谷，无法相较
至多是，我在德钦的山里
行走时，那些雪水缓缓流淌的壕沟

我期望有人在它们边缘行走
就像我行走在雪水流淌的沟边
我想赠你一条缝隙

但不知挑哪一条给你
我把它们摆在地上
就像地摊货主出售廉价的衣物

假如不幸，你挑到一条干涸的
我希望在你行走之前
壕沟里有泉水注入

我希望你有歌唱的泉水陪伴
就像白马雪山的积雪融化
流入小壕沟，陪伴孤独行走的我

废弃的铁轨上 | 唐果

废弃的铁轨上
站着一位新娘
洁白的婚纱披散
像鸽子，收拢疲惫的翅膀

如果有人饥饿
他会不会拿起铁轨
夹住新娘
他会不会举起铁轨
接近太阳

翻来覆去地烤
翻来覆去地烤

入境 | 唐欣

芝加哥　奥黑尔机场　大批各种
肤色的外国人　正在排队等待
入关　高大的女警牵着狼狗巡逻
而能否享受今日　应许之地的
阳光　取决于窗口的年轻官员
如果他　青年时就向往自由的
中国人　被拒之门外　那可真是
太像一个讽刺了　好在对付他的
那位入境官　比卡夫卡笔下的
守门人好多了　不知是太疲倦
还是因为傲慢　此人没有吐出
半个字　只是靠扬眉毛　动眼珠
耸肩　歪头等几个动作　就示意
他　美利坚合众国　允许他进入了

家庭旅馆 | 唐欣

顺着灯光　他们抵达了这座
熟睡中的小城　找到了这所
黑暗里的家庭旅馆　打开门
他发现　跟他自己的家很像

但东西都要大上一号　当然
车库和花园　是他所没有的
墙上挂着油画　床头搁放着
圣经　也跟他的习惯不一样
清早起来有狗吠　小鸟鸣叫
冲完淋浴　他用咖啡机烧水
泡了一壶清茶　但毕竟不在
附近上班　他也就没用电炉
给自己煎一个　半熟的鸡蛋

致命的教职 | 唐欣

能给一位女王做私人教师
该是不错的工作吧　也许
借此还可以改变世界　发明
解析几何　并且怀疑一切的
笛卡尔　从荷兰愉快地来到
斯德哥尔摩　他的瑞典学生
克里斯蒂娜是聪明的　更是
勤奋的　思维缜密的哲学家
唯一没有料到的是　每天的上课
时间是清晨的五点钟　这位喜欢
在温暖房间睡懒觉的法国单身汉

必须迎着北欧冬天　刺骨的寒风
前往皇宫　可惜后悔　已经晚了
结果　四个月以后　伟大的
勒内·笛卡尔　就与世长辞了

黄石国家公园 | 唐欣

断树遍地　野牛成群　保持着
原样　但并不显得荒芜的高原
女儿开车　他坐在副驾位置
一路指点着　这儿很像青海
这儿有点像云南　那儿跟四川
九寨沟的景色非常接近　但当
他来到深深的大峡谷　河流呼啸
又看到蓝色的　像北冰洋的大湖
尤其是目睹老忠实火山　喷射出的
冲天热泉　他沉默了　这里哪儿都
不像　就是美国的西部　符合康德
讲过的壮丽之美　他从未见过

张大千看画 | 唐欣

1951 年秋天某日　台湾台中雾峰
山中的北沟　临时的故宫博物院
迎来了一位特别的客人张爰
他是来欣赏这里的国宝古画
庄慕陵院长和同事都很高兴
他们殷勤地拿出珍贵的卷轴
大千居士看画的速度令人吃惊
每幅作品刚一打开　他就让卷起
只是过目而已　陪同的台静农先生
问他何以如此之快　答曰这些名迹
原本都是烂熟于心　这次像是访问
老友　有的个别地方模糊了　现在来
温习一下就好　而静静地站在旁边
注视着大师的人　全都给吓坏了

看书法 | 图雅

他让我看手机里
历代名人书法
首先是严嵩的
我说不太喜欢

然后看岳飞的
我说不喜欢
再让我看下面的一个
我说好
他说是秦桧的
再找出一个
我说喜欢
他说是和珅的
他突然说
发现你喜欢的都是奸臣
我正想反驳
他说这样的字
皇帝能不喜欢吗

过嘴瘾 | 图雅

一个说退了休
跟我学写诗的人
看了一个著名诗人的诗后
评价道
“下半身发达的诗人”
我说
“你也可以下半身”

他说
“下半身不遂”
我问
“真的吗”
他答
“玩笑”
他不知道跟诗人说话
不能胡说
会一语成谶的

入夏 | 图雅

出租房里
他套了一件上衣
就进了厨房
羊肉，大葱，生姜，醋，糖……
在一起厮杀
火光喷溅
满屋盈香
她在不远处静赏
健壮的下半身
这是人羊
她以母狼的眼光劈开烟火

立冬日 | 图雅

今天有只乳房不舒服
温暖的男人手
在哪里呢
这是
一闪而过的药方

天啦 | 图雅

腊肉，腊鸡，腊鸭，腊鱼
香肠，香菜，萝卜菇子，水萝卜
辣菜……
天啦，我哪一样没做过？

毛衣，毛裤，毛手套，毛袜
床罩，沙发罩，杯罩
绣枕头……
天啦，我哪一样没做过？

做饭，洗衣，擦地，带孩子
看书，写作
画画，弹琴，歌唱
打孩子，骂老公……
天啦，我哪一样没做过？

烟民 | 王有尾

店里的小伙

一边低头装凳子

一边小声对我说

“我看你这不行啊，老板。”

我问他怎么了

他说观察我好几天了

抽的烟从芙蓉王

到黑兰州

今天居然抽起了

延安

是不是最近

资金紧张

周转不开

弯小B | 王有尾

音乐系的小B

喜欢中文系的崔老大

也不知道是从

谁嘴里传开的

还传得有鼻子有眼:

有人亲眼看见他

给崔老大洗内裤

事情终于爆发

直男崔老大

在一次勾机扑克比赛时

当着全宿舍人的面

让小B滚蛋

小B含着泪就滚蛋了

一直到毕业

大家都再也没见着

只记得他有五个姐姐

喜欢唱邓丽君的歌

吃瓜群众 | 王有尾

在洗手间蹲坑

忽听一个声音问

“你就说厉害不？”

另一个声音答

“确实厉害！”

那个声音又说

“台湾人就是厉害
这是第几个了？”
另一个声音说
“人公司副总
可不是想睡就睡嘛”
忽然传来一声咳嗽
两个声音同时消失了
尿声还在持续
过了有五秒钟
最早的那个声音
打破了沉默
“你不是和那谁
还谈过一段嘛”
“我现在也是
吃瓜群众。”
第三个声音说

战争的起源 | 王有尾

一开始
大家还都
平心静气的
坐在一起

你说你的

我说我的

后来发言变讨论

讨论变争论

争论变骂娘

骂娘升级成械斗

多年以后

抚平好战争的伤痕

他们又坐在一起

讨论当年

究竟是哪一派里的

谁

第一个开始

骂娘的

有人问我，澳洲的华人到底过得怎样 | 苇欢

澳洲的天空超蓝

与之相比

珠海的天算什么

澳洲人也阳光

去过的咖啡馆、药店、商铺

每个人都笑着问你

How is the day?

（今天过得如何？）

再加上随处可见的汉语

简直是

宾至如归

但别忘了

昨天我写过

在墨尔本

一天可经历四季

上午在维州国家美术馆

我拍照时

不小心挡了

一个白人胖老太

她直接拿枴棍

敲我的腿

走 | 苇欢

从海滩走回来

滤掉陌生的行人与狗

过斑马线时

我的手

自然地搭在女儿肩上

她的胳膊

也自然地穿过我后背

落上我的腰

像个还没长大的爱人

我们默默地走过咖啡馆

走过驾校

走过废弃的机场

走过一片野地

向家的方向走去

月亮一开始是红的

后来又白了

无法不爱 | 苇欢

我无法不爱

狄金森

无法不爱这个

曾经两次

形同乞丐

站在上帝面前

对他破口大骂的女子：

啊，父亲！

窃贼！

银行家！

少女心 | 苇欢

换好泳衣

下溪水前

若昕从包里拿出一只

柔软的玩具

粉红色

用手一摇

晶莹的液体中

现出美丽的星星

更神奇的是

它一浸水

就光滑如鱼

越是想捉

就越快滑脱

问起玩具的名字

若昕妈妈说

“少女心

握不住”

晨曲 | 苇欢

醒来闻见

枕边都是麦香

梦里为心爱的人
做了一夜面包

以小何之心难度君子之腹 | 西毒何殇

我以为我不要的
别人也不要
我以为写作者
尤其是诗人
与体制文学决裂
是常识
是常态
是与生俱来的品质
以前的人没干成
是趋吉避凶
而如今已经具备了
这样做的条件
事实一再证明
是我的诗意有点多了

南京，南京 | 西毒何殇

住在玄武门旁边的酒店

晚上出来买酒

走了很久

都找不到超市

找不到便利店

找不到小卖铺

爱酒如命的诗人

轩辕轼轲

在街头怒吼质问——

南京，南京

这他妈是南京吗？

就像他是从1949年

飞往台湾的

最后一架航班上

穿越回来的

吃羊角包时想到的 | 西毒何殇

我在农村上小学

跟同学打架

个子小打不过

抡起路边一根公羊角

还没等打

对方就指着我

大喊犯规

打架不能拿羊角

让我一下懵逼

乖乖把羊角扔了

被人按倒在地

捶了一顿

缘故 | 西毒何殇

我发现王有尾的老师

赵思运教授

平常很少给他的学生点赞

但刚才有尾发了两首

吃驴肉诗

赵老师都点赞评论了

我问有尾为啥

他说赵老师家是郓城的

那儿的驴肉很出名

赵老师这是

睹物思乡了

布鲁克林的上午 | 西毒何殇

黑人见多了

再看白人

就觉得他们

质感不够

在布鲁克林

明亮的阳光下

他们像是

从泥煤浆里

冒出的水泡

贵州来的 | 夏西

白天，和男人卖蜂窝煤

男人骑一辆电三轮

装满蜂窝煤时

同男人坐在驾驶位上

蜂窝煤卖完了

就蹲在货箱里

晚上，在男人的护送下

出入低档的小旅馆

男人在旅馆外

抽着烟默默等候
她的客人，几乎都是常客
客人们知道她来自贵州后
都叫她：贵州来的
客人们后来认识了更多来自贵州的
但只叫她：贵州来的

玉玉 | 夏西

抽屉里的钱
不见了
只有男友
几天前来过
玉玉遂报警说
钱被男友偷了

警察很快到来
但玉玉始终
想不起那天
来的是哪一个
男友

骂 | 夏西

“我 × 你妈”
他对着用弹弓打鸟
却打在了他身上的
同村王寡妇家的小孩
大骂了一句
小孩吓得掉头就跑
第二年
他的老婆因病去世
经人撮合
他带着女儿
和王寡妇母子
组成了四口之家
每次看着这个儿子
想起曾经骂他的话
他就忍不住想笑
这个儿子
他越看越觉得可爱

换算 | 夏西

一大早，小刘面色蜡黄
胡子拉碴

出现在我面前
我知道，他又熬夜了

“手气如何？”我问
小刘斜了我一眼，反问道：
“苞谷多少一斤？”
“一元左右吧！”我随口回答

小刘眯着眼睛，想了想
长叹一声，说：
“妈的，输了一牛车苞谷！”

岳母的冰糖 | 夏西

岳父泡三七酒
岳母说太苦放点冰糖
岳父泡杨梅酒
岳母说太酸放点冰糖
我泡菊花茶
岳母说有点涩放点冰糖
谁咳嗽咽喉不舒服了
岳母说来含块冰糖
煮糖水鸡蛋
岳母尝了尝说
红糖放少了再加点冰糖

敬烟 | 夏西

父亲坟前
磕过头烧完纸钱
他点了一支大重九
深吸一口
确定不会熄灭后
烟嘴朝里
放在碑座上
然后自己点了一支
边吸边说：
爹，这是好烟
100元一包
你生前的时候
我还吸不起

活着 | 轩辕轼轲

侯牧人的女儿
给得了脑梗的爸爸
做了一个纪录片
片中的老侯
没有了长发和胡须

戴着黑框眼镜
说话一字一顿
在录音棚
他试唱新写的歌
“活着多好啊”
片尾女儿问他
“摇滚是什么”
他回答
“就是活着”

刷屏自信 | 轩辕轼轲

每个朝代
留在历史上的诗人
都寥寥无几
可并不妨碍
成千上万的诗人
在所处的朝代
乐此不疲地写
在竹简上写
在帛上写
在纸上写
在键盘上写
在手机屏上写

如果这时
从未来
跑来一个人
对他说“你写的
一句也留不下”
他会头也不抬就骂
“去你妈的”

父亲经商 | 轩辕轼轲

有一年
下岗
无事
在工商所
上班的母亲
便让父亲
到齐鲁市场卖鱼
鱼是赊着的
还不收摊子费
和管理费
可因为父亲
秤给的特别足
一天下来

分文没挣

回到家的父亲

摘下草帽说

“下海太难了”

连冰箱都是反腐的 | 轩辕轼轲

在阳台

他打开窗户

喔

“连朝霞都是陈腐的”

在厨房

他打开箱门

喔

“连牛奶都是新鲜的”

穿鞋的不怕光脚的 | 轩辕轼轲

戴眼镜的小伙

和我是上铺

我们坐在过道的小凳上
仰望顶棚
积攒爬上去的勇气
中铺的两位
已经躺下
一个亮出脚板
一个亮出鞋底
小伙问道
“怎么还有穿鞋的”
那个穿鞋的
闻声就翻了个身
把鞋在床单上
摩擦了两下
算是回答

美梦 | 闫永敏

梦见自己很老
老死了
所有人都不再认识我
包括我的丈夫
（啊，我在梦里结婚了）
直到他摸了摸我的胸
才认出我

她的命运 | 闫永敏

领导找她谈话
有人反映她独来独往
不与人聊天
怀疑她看不起人
领导提醒她要与大家搞好关系
她回来后坐在办公桌前
想起同事在工作之余
有打扑克的习惯
她考虑要不要参与一下
这时冬日的阳光透过窗户
暖暖地照在背上
她伸出手摸了摸桌上的光
决定继续不参与

无题 | 闫永敏

都说中国人感情含蓄
我此时有些怀疑
当我又在公园
碰见五六十岁的两个人
一男一女

配着伴奏唱情歌

一声一声的“我爱你”

通过话筒

几乎响彻了半个公园

5.20相亲会 | 闫永敏

晚餐是在一家西餐厅举行

每人148元

男女各15人

最大的43岁，女

最小的24岁，女

我中途退场

记得宠物是最火热的话题

但如果你说养了宠物

主持人就会问它的性别

还有餐具掉在地上

我从未在餐馆里

听到如此密集的餐具掉落的哗啦声

像是在打架

替哭 | 严小妖

你能替我哭一会儿吗
她从下水道里探出小脑袋
（下水道姑娘新鲜好玩）
替你哭不算难事
以前我也替人性感替人爱
替人生孩子替人缝合伤口
这事儿我有经验
在这之前你起码告诉我
替你哭些什么哭多久
先把她拽上来陪我坐着
她选择靠在我肩膀
挽着我右手的乖巧模样
夕阳跳出来
晚霞跳出来
眯着眼透过睫毛
空气的裂缝在眼前飘荡
原因还在路上
眼泪先来

那一辈人的爱 | 严小妖

在爸爸眼里
这个同母异父的大姑妈
比那个同父异母的要亲近
总要我们去多走动
在大姑妈家院子的
柳树下
记忆里这是第三次
在这棵柳树下
聊起那些年的家族争斗
聊起爷爷有一次举起来
要挖奶奶眼睛的小火钩
她眼角的皱纹总会挤在一起
外衣口袋里也总能掏出暗黄色
擦眼泪的手绢
特别是讲起小时候
别的兄弟姐妹
喂爸爸猪食吃那一段
眼泪最软

尘埃落定 | 严小妖

晨尿
已经有了仪式感
每天清晨
以美丽的姿势起床
以轻柔的动作脱下裤子
缓缓　缓缓地蹲下
怀着激动的心情
慢慢地
排出茶黄色液体
两条红杠的瞬间
双眼噙泪
如遇神明

团队建设 | 严小妖

我们犯错一次
队长做十个俯卧撑
两次二十个
三次四十个
以此类推
到一百六十个的时候

没有鲜花和红酒

队长就征服了一群

结婚女人的心

甜甜是个好姑娘 | 严小妖

是甜甜最先发现

我有了此生

第一根白发

她立马从我头上

把白发拔下来

调头就跟别人说

这是严老师的白头发

严老师的白头发哦

先是语文组

然后全校

我今天这碎花裙子

算是白穿了

老公的精子 | 严小妖

小小

圆圆

细尾巴

白天羞答答

才入夜

就从浅白

到浅红

再游到深红之巅

我迫不及待

用手握住一颗

要哭了

这是未来儿子

好单纯的

小模样

起念 | 杨黎

下午，看见一幅画，想起我认识的一个女人

她是我妈的同事，偶尔戴着眼镜

我妈让我叫她蓝姨，她其实比我妈小多了

但她的双乳比我妈的大：那一年

我快六岁了，蓝姨带着我回家

我们坐一辆长途汽车，车上就两三个人

风雨飘摇，她把我搂在她的胸前

仿佛像一个母亲，正偷偷地在奶孩子

远飞380 | 杨黎

有一头鲸

独自游在海里

已经好久

没有其他的鲸

和它在一起

即使它高声尖叫

也没有鲸

会听见它的叫声

一个朋友说

这是因为

它的频率不对

我听了以后

一直沉默不语

到现在

心里都不好受

有一头鲸

它独自在游

致方闲海：也是一首抑郁的诗 | 杨黎

昨天我指着阳台上
一朵孤独的红花问小朵
这就是玫瑰？
小朵看着我，看了好久
问：什么爱情？
我说，我没有问爱情
我问的是玫瑰

火车与飞机 | 杨黎

小孩坐飞机
比坐火车安静
但是坐火车
的女孩，比男孩
安静：她刚醒
睁大一对大眼睛
看着窗外
而火车进山洞时
她也看着窗外
窗玻璃上，男孩
正转头去吻
他旁边的姐姐

反差 | 伊沙

27年前的一个晚上
一个偶然的机会
我在西安西郊的
一家宾馆的
一个房间中
目睹一位音乐人
在吸毒之后
像一条死狗般
睡在床上
他的安静
一片死寂
令人恐惧

27年后的今天晚上
当我在一个圣人的忌日
和一位女诗人的去日
这双重的沉重之中
望着电视里
一个音乐选秀节目
想要听到一首
从这片土地生长出来的
重金属又很中国的强音
我如愿以偿地听到了

这首歌竟然出自
那条死狗之手

与傅琼探讨侯马爱吹牛的问题 | 伊沙

傅琼说她公公
温良恭俭让
在她公公的自传中
看到侯马他爷爷
爱吹牛
隔代遗传给
侯马哥仨

哦，侯马爱吹牛
的根源找到了
在单位里
他肯定不吹牛
他只在诗歌圈
信任的同道面前吹
并且发明了
两句口头禅
已在诗歌圈流传：
“我这么牛的一人”

“首首是杰作”

说到这儿
我感觉自己特冤
我在生活中
其实不吹牛
要吹都去网上

傅琼说：
“侯马最羡慕你这一点”

那年头也一定有人向往着我们的饥馑之花 | 伊沙

上世纪60年代
瑞典的一个
炼钢工人
有老婆
（只是跟人跑了）
有电视
（只是有时欠费）
有肉吃
（只是不能老去饭馆）
恨老板

（认为一半劳动被其剥削）

组织罢工

上街游行

用瑞典语

高唱《国际歌》

用工余时间

一直在偷造

一条小木船

计划趁夜黑天高

划到古巴去

内伤难愈 | 伊沙

南京大屠杀

最让我难以下咽的是

两百个日本鬼子押着

五万国军俘虏

到长江边屠杀

五万鸽子低眉顺目

没有一只涅槃成鹰

王有尾的尾货 | 朱剑

王有尾给我们
送来面膜
那是他老婆
听了课做微商
进的货砸手里了

王有尾给我们
送来火锅底料
那是他自己
开的串串店
关门大吉了

湖南人写口语诗之难 | 朱剑

长安生活多年
我这个湖南人
获益最大的
是普通话说得
比原先溜多了
能秒杀我那些
待老家的发小同学

他们的普通话
包括当老师的
都能药死老鼠
一张嘴就相当于
喷雾器喷农药
一嗤嗤、二嗤嗤……

后口语 | 朱剑

西毒何殇去朝圣
在美国诗人
查尔斯·布考斯基的墓地
摆上啤酒
发朋友圈
“与布考斯基对饮”
我嘀咕道
“也与他一起痛风”

恩师难忘 | 邹雪峰

快中考了
班主任说

恩师难忘
希望同学们
不要忘记了自己的老师
他却不知道
这么多老师最该感谢谁
还是他妈妈心细
交给他一摞
补课的收条
数学张老师收费一万五
语文王老师收费八千
物理李老师收费七千
化学钟老师
因为是他爸爸同事的老公
碍于面子没有收费
只收了几条中华烟

玉米秧都倒了 | 邹雪峰

小时候
每次下雨
我都趴在窗台上
兴奋地盼着
雨越大越好
狂风暴雨才好

甚至盼望
真像老师说的
天上也能下刀子
直到有一天
闷雷一样
不爱说话的父亲
湿漉漉地
下地回来
给了我一记
响亮的耳光
我才知道
胳膊上
暴着青筋的父亲
其实是个怕雨的人

家 | 邹雪峰

每座公厕里
都有一个老人
在那里打扫卫生
里面会有一个小房间
有简单的生活用品
还时常能飘出
饭菜的香味

这便是他们的家
我亲眼见到过
一个这样的老人
趿拉着拖鞋
嘴里嚼着东西
像在家里一样
推开这扇门出来
又推开
另一扇门进去
上厕所

事实没有诗意 | 邹雪峰

很多城市
都有洒水车
每天洒水不断
下雨时也洒
有人为此写了诗
觉得下雨时还洒水
有着一种
荒谬的诗意
我问过一个
洒水车的师傅

他说这有什么
好奇怪的
不洒完这车水
我就拿不到一天的工钱

悼词 | 邹雪峰

早些年
我一直在给去世的老同志
写悼词
现在每次参加追悼会
总能听出
那是以前我写的
对死者的充分肯定
他的重要贡献
以及和善友爱的一生
被永久保存在
单位电脑里
谁死了
就拿出来换个姓名
也包括以后的我

辑二

灵魂的品格

不满 | 阿登

她指着作业本，激动地
斥责女儿。我则继续
翻动手中书

给女儿倒杯水
也给她递去一杯

不满有多种形式
我呈现了最温和的一面

我把难以舒缓的部分
留给了对面的楼群

瞳孔中
闪动着那么多窗灯

辛酸 | 阿吾

谁没有辛酸
谁没有笑着说起过辛酸
过去一星期

我的辛酸就不说了
刚才我打的到机场
司机跟我讲
有次他七点赶来排队
天气有雾航班不能降落
一直等到十点才拉上客人
却是去两路的碧津坐轻轨
刚刚跳字就下车了
一共收了十一块钱
自己贴两块
吃了一碗牛肉面

我也曾面目狰狞 | 阿吾

三年前
二十八年没有联系过的
初恋女友
在首都机场T2航站楼
与我匆匆重逢
她从定居的维也纳来
我将飞往深圳
三十年前
曾经如胶似漆的两个人
在北京东郊分手之后

谁也不清楚
对方不理睬自己的缘由
我们分别拖着行李
站在国内航线出发厅
交换了心中的秘密
她像一面镜子
让我看见
自己的狰狞面目

生于斯 | 艾蒿

那些我能写的
让它长出来
那些写不出来的
让它长在地下

会小情人 | 白水泉

周日老婆加班
约了小情人
学校附近泰国菜

给踢球吃食堂的她补补

一周不见

临出门也有点紧张

刮胡子

修剪鼻毛

和鬓角白发

对着镜子笑着

调整皱纹

骑车赶到餐厅

发现她还涂了口红

我整了整衣服

暗自庆幸

你个苕 | 白水泉

苕的学名叫红薯

红薯饭那时都吃伤了

不过现在觉得香

苕藤子要隔断时间翻一翻

老妈说藤子要是扎了根

苕就又小又少了

苕叶子现在成了时令菜
那时老妈允许我采些苕杆子
去街上菜场换点零花钱

藤子即便不翻，苕也在土里憨长
老妈看我翻得笨手笨脚的
会笑着骂我：你个苕

我穿过多年的一件皮大衣 | 柏君

后来
妈妈干活儿时
又穿过一阵子
今天
在老家
我又看到它
被妈妈
用来苫白菜
上面落着一层
细小的雪花
好像凭空
多了些许华发

四十迷路（节选）|蔡根谈

1

看着提早十二天出生的儿子

像是晚生了四十年的孪生弟弟

我在产房外，不停地兜圈

人间太小，风尘太大，你穿越子宫，来到我身边

2

商场又降价促销，那么多东西

急着卖出去

两个姑娘买了

一把剪刀、三袋狗粮

一套情趣内衣、四片创可贴

结账时，她们突然变成

河蚌和鲍鱼，相拥湿吻

他看见那张百元人民币上工整地写着两个字：爱情

3

到了把玫瑰花

当保健茶泡水喝的年纪

肾里的结石

就是那粒丢失多年的婚钻

8

你开始相信

民间偏方

老中医坐诊城中村

处方笺上飞龙走凤

你似乎忘了病痛

和他聊起怀素

你说这时代没人

比得上一个唐朝和尚

是因为再也找不到一撮好鸟毛

制作成笔

用狂草写出："这个时代

再也找不到一撮好鸟毛"

11

他经常对着破镜

拔几根新生白发

放在火里烧

他喜欢白发烧成灰的味道

12

能一起喝酒的人越来越少

你又不肯与面目可疑者举杯言欢

这酒太硬了

醉后他软了下来

跪对影子，学会了真正的哭泣

时过境迁 | 草屋

刘英的丈夫用刮胡刀片
划刘英妹妹的裤子
逼着和他上床
被刘英告发
那一年正赶上严打
刘英的丈夫被枪毙
多年以后
刘英又嫁了个有钱的
他用钱买通了刘英的妹妹
和她上床
刘英这次没有告发
而是装作什么也
没看见

早餐 | 陈铭华

河边有只狗，狗遛来遛去两头牛，牛尾摇来摇去一颗太阳蛋，蛋“嗤”的一声滑入我的鱼饼汤粉里

日出水上

变形记 | 陈铭华

在拇指和食指指头不断拉碰离合如蝴蝶鼓动双翅挣脱庄周梦境后，长方形的思维迅速自中心向边缘膨胀起来：一花一草一木一片片钢铁森林，上则一串串空间站，下则一束束海底光缆，中间一条条公路桥梁地下铁……雾深霾重，气温变暖，病毒曼延……山无陵，天地合，生命自反而缩，愈缩愈小——人乎？蝶乎？鼠标乎？甲虫乎？终又回到手机一角，若无其事地望着卡夫卡

稿费 | 大九

我写诗
赚到唯一一笔钱
是花五万元
印了三千本诗集
诗集卖不了
没地方放
又花了八万
买了个车库
五年过去了
诗集没卖多少
车库涨到了三十万

红旗 | 德乾恒美

后来，红旗和战斗也成为名字
就像卓玛和扎西

听见古代的声音 | 东森林

停电的时候
躺在床上
感觉古代离我们
也不远
五十年前的冬夜
母亲和姐姐
油灯下纳鞋底
麻线拽得呼啦呼啦
那声音
仿佛就在隔壁
那时的土地
可真柔软
我们每年穿破一双鞋

扫房子 | 东森林

每年冬天
等门口的树叶子落尽
父亲都会爬到房顶上
母亲在下面扶着梯子
扯着嗓子指挥
“再往上——屋脊那——”
声音喊得那么大
我在屋里被她喊了出来
这天天气晴朗
阳光将父亲矮小的身体
照得很亮
这个连杀猪也不敢看的胆小鬼
居然爬到屋顶上
还敢在上面行走
在母亲指挥下
他将枯枝和落叶扫掉
又换了两块新瓦

飞人 | 东岳

一群保安
在考场上

如同警察
笔直站立

他们之中
四人一组
拼折返跑
测试体能

其中一组
一名老保安
（得六十多岁了吧）
跑得太急
一个趔趄
差点摔倒

他努力前倾的样子
像极了飞人博尔特

在安抚医院 | 东岳

一个精神病
两个精神病

他们残忍地杀了自己的

亲人（其中一个甚至抠出了他父亲的眼）

但面对医生的训斥

他们唯唯诺诺

抖若

筛糠

一个漂亮的女医生

一个如此文弱的女医生

手里握着针

消失的村子里建了个微信群 | 独禽

买了楼的人、常年外出打工的人

陪着儿女上学的人、外出做生意的人

棚户区改造了的人、外出工作

有恋乡情节的人

在家想套上外地关系的人

建了一个微信群

就像村里头的胡同口

就像这个村子从来没有消失

2015年青海湖吃湟鱼 | 独禽

看上去
像汉人
他们说
他们是藏族
好吧，至少
看着干净
我们走进
他们的小餐馆
点菜前
他们给我们
详细地介绍
青海湟鱼
很难想象
那些鱼
生活在我们头顶
千米以上
（青海湖海拔3200多米）
他们高价
给我们做了
湟鱼主菜
我们扒拉来
扒拉去
也认不得

所谓的
裸鲤
刚一人夹了
一口
店家跑来
说
稽查队
来了
把湟鱼
端了下去
说
吃湟鱼
要罚款
他们做
要罚款
让我们
先吃其他菜
近半个小时
他们说
稽查队
走了
又端上
湟鱼
让我们吃
真险
要我们

加快吃
刚吃
几口
又有人
跑
说
稽查队
来了
又把湟鱼
端下去了
我们互相
取笑
谁没吃上
谁吃了
没尝出味儿
这次
不到
十分钟
他们说
虚惊一场
又端了上来
鱼已经
稀烂
他们说
热了一下
我尝了

还是

鱼味

又有人

跑来

说

吃完了吗

稽查队

没走

来了

又端了下去

我们

也把

其他菜

吃得

差不多了

也就起身

走了

感应 | 独禽

爷爷的眼睛已经和夜晚的光相融了。

早晚，他站在村口，

听着大路上，
行人的响动。
判断上学的我们出入的信息。

我们一个个远走了，
爷爷躺在地球上侧耳聆听！

春天 | 杜思尚

当我把常将小手
伸向花盆泥土中的儿子
放到家乡的麦地里时
他竟怔怔地站在原地
不知该迈哪只脚了
一只爬行的蚯蚓
让他咧开嘴哭了起来
我抱起他
一望无际的绿色
正向我们涌来

1939年的苹果 | 杜思尚

日本兵斋藤刚把苹果洗好
装苹果的汽油桶
便被河水冲走了
他在岸上一路追赶
汽油桶却漂向了河对岸
正在洗澡的中国兵王利顺
抓起只苹果就放进嘴里
斋藤在河对岸喊:
“好吃吗？”
王利顺随口说了句:
“真甜！”
吃完，抹了把嘴
穿上军装
不紧不慢地
走向树林深处

当有人转身消失在浓雾中…… | 朵渔

当浓雾在平原上生成时，我们还年幼
我们彼此互害、互爱，组成奇异的家族
一段无神论的历史始终朝向眼泪和目的

所有的不测来自我们自身的复杂性
当有人转身消失在浓雾中，大雾像海水
将我们隔绝成一个个单独的人
我们将孤独地穿过街巷，奔赴前程
树叶不偏不倚，落在我们每个人的头上。

椅子和风 | 朵渔

马路边，一把被遗弃的旧椅子
迎着老夕阳，敞开空空的怀抱
现在，它终于变得无用了
回到一个物的位置，黯哑而自足
在它的静默里，仍有一种欲望
那是一种干净的、死亡的欲望
死亡很难吗？需要准备一辈子……
空巷上空，落叶纷飞
像一封封天堂来信
再没有比居无定所的风更贫穷的了
当然，也没有比它更自由的
椅子和风，自由而无用
像全世界的两个穷人……

改变 | 二月蓝

被突如其来的暴雨吵醒
但已经不再害怕
曾经令我
恐惧的闪电
与雷鸣
它们已让我
在孤独与无助中
选择了坚强与淡然
只是偶尔
会忍不住想念
在同样
暴风骤雨的夜晚
那个小鸟依人的
女孩儿
躺在乡下
被轰隆隆雷声
包围的木板床上
瑟瑟发抖

疑问 | 二月蓝

我爱写落日

它像一天的句号

像纽扣

像一快燃烧不败的铁

一朵坠落

也不凋谢的金蔷薇……

但我还从未写过

那位薄暮远行

在落日里击缶的人

离我多远

离我多近

沉寂的花园 | 二月蓝

阳光缓缓地照来

香气

深浅不一

仿佛在思索着

绽放的理由

骷髅头 | 发小寻

冬天她最喜欢的是下雪
雪静静地下了一天一夜
然后她出门玩雪
第一步是把脸放在雪地上
印出一个死人脸的骨头
我告诉她那叫骷髅头
她学会了一个新词
感觉很开心
光着脚在地板上使劲地蹦着

童话 | 方闲海

读安徒生童话
读王尔德童话

我最后读到了
童话里的现实

一个因长得丑一辈子没能娶上老婆
一个因同性恋获罪毁了一辈子

长夏 | 冯娜

更南边来的人，会懂得夏日如此漫长
有时河和海一样没有尽头

白鸟的滑翔比机翼轻盈
躲避风暴，是醒着的时候要做的事
只有在水上漂流过的人
才会真正去信任一艘船

只有南边来的人，会捡拾豆荚状的种子
天空扑打着蓝色、绿色的脏器
现在，凤凰木和杜英树静静整理着花冠
人们抬头，感到远处正有船只驶来

夏日轻易地找到了南方，和几粒橄榄一样
一些沾着盐，一些蘸着糖

寄北 | 冯娜

用新习得的方言，穿过一枚顶针
一个北方的手印，用不多的力气
按在新鲜的盐粒上

坐在市集的背阴处，想与你说一说李煜或苏轼
我在南方获得的宁静，是他们维持的气候
拂晓时，回味着出现林海的梦
你经历的北方，早有人述说
手艺人有时带来奇妙的新把戏
我尾随他，看见作坊里人们正把日子一点点用旧

裁缝店里的学徒，裁寿衣就像裁一封家书
我熟悉那些哭声和交谈
熟悉那些滚边的丝绸衣裳
古人的信，藏着不想被识破的伤心
他们拣选尘灰覆盖的词，吹一吹
我把湿了的双手擦一擦，
把它们重新放回你不能看见的地方

无证之罪 | 冯娜

我曾目睹一只老鼠的死亡，在一堆下药的谷物前
我曾目睹一只山羊的死亡，在磨出豁口的刀刃间
我曾用一块石头堵住蚂蚁松软的巢穴入口
我曾绕过一座拥堵的大桥，听说有人一跃而下

我曾在冬天取走了一个人的誓言

被爱的人，早就学会了作伪证
整天拿刮着镜子背后的水银
离开的记忆，在玻璃上流连了一会儿

我也和诸多幸存者一样，戴着皮手套
在数不清的声音中翻检稀薄的光亮
偶尔敞开一线房门，端坐
像一个等待着浪子归家的慈母

注意事项 | 冯桢炯

在北京
约正厅级杂志主编喝酒
酒过三巡
我提出要求拍张合照
主编朋友碍于面子
首先声明
拍照要注意的事项
不能拍到桌上的酒和菜
照片不能晒到朋友圈

照片拍完
还要给主编检查

像对待杂志审稿

认真细心毫不放松

你们离婚后又一起睡过吗 | 高歌

那晚她去看女儿

睡前喝了三罐啤酒

就爬我床上去啦

又是摸又是亲的

我没好气地

推了她几把

却连打三个喷嚏

就没扛住

还是觉得

冷暴力太伤人啦

族弟 | 谷禾

他和我，同一曾祖父

那时候他还年少，13岁

就辍学去外地打工

校长派我去家里做工作
我堂叔痨病缠身，没好脸子给我
我进门时，他站在院子里
我离开时，他站在院子里
不发一言。25年过去了
他还站在那里吗？——哦，不是的
他随村里人去了广东务工
半年后惨死于一场飞来的车祸
警察把电话打回来，我堂叔求我父亲
一同去事发地了结后事。我父亲说：
“我们去到那儿，只带回了
一盒子的骨灰和小小骨头，其他
什么遗物都没有。”我堂叔
用赔偿的6万元人民币，为大儿子
娶了媳妇，为小儿子盖起了
村子里最漂亮、最扎心的一栋房子
族弟的生命在13岁的节点戛然而止
——他是村里客死异乡的孩子之一
我写到这里，才记起他的乳名“款子”

孤独 | 鬼石

我站在一张
或生或熟的

空白宣纸上
我身边的
山和水
楼台亭阁
飞虫鸟兽
暂时还没有
被画出来

来自于真理背面的惊讶 | 还非

书读越多怎么就知道得越少呢
茶越泡怎么就越淡起来呢
人越活怎么就越糊涂越好呢？还有
我都活过1967年：日子怎么就越过越多呢
大象被逻辑地关到冰箱里去
我怎么越想越觉得没问题呢
酒怎么越喝越醉越是讲真话呢
思念，怎么就不会越来越甜蜜呢
十根指头：我怎么越盯它们越感觉合理得不得了呢
道路怎么不是真的越走越宽广呢
科学也一样，怎么越科学越被堵住呢
就这样老去？我怎么就不会越思想越明白呢

变味儿 | 韩德星

小区方圆十多里
只有一家兰州拉面馆
我时不时来上一碗
解解北方人的馋
但自从老板有了二胎男孩以后
面的品格有不断下降的趋势
刚刚吃的就发酸
勉强咽下半碗
最后用微信扫描付款时发现
他的名字已经从“马有财”
改成了“淡淡的忧伤”

哑巴 | 韩德星

他割了
四十多年的草
除了割草
别的不会什么
更不会娶媳妇生孩子
家里人都没了
猪牛羊早不养了

他还在割草
床边的干草垛
要把他埋住了
但田里的草不明白
年年在生长

看雾的女人 | 韩东

她立在窗边看雾
什么也看不见
于是就一动不动，使劲地看。
而我看着她，努力去想
这里面的缘由。

远处大厦的灯光从微弱到彻底消失
难道她要看的就是这些？
当窗户像被从外面拉上了窗帘
她也没有离开
背对没有开灯的房间
也许有影子落在那片白亮的雾上。

她看得很兴奋，甚至颤抖
很难相信这是一个刚刚失去慈父的女人。
大约只有雾知道。

失眠 | 韩东

有时，你无缘无故地失眠
不是为了一句诗，也不是为了某个人。
心中无事，以为可以睡一个好觉
但突然就醒了。你闭着眼睛把自己关在里面
睡眠所需的空间不是一个房间或者一张床
而是身体伸展或扭曲构成的黑暗。
你悬浮在那里，只有睡着了才会降落。
不是一个梦，也不是现实
只是一个空洞需要填补。
你的生活在此处豁开
失眠让其绽放—— 一朵黑色的无影之花。
一个大蘑菇。

他的头发那么白——给钱小华 | 韩东

平安夜，我们在天上航行
看见窗外的一轮明月
光芒四射，照进了客舱
照耀着坐在我身边的基督徒朋友。
他告诉我他梦见了上帝
耶稣拉着他的手走在阳光里。

“他的头发那么白，不
那么金黄，披垂在肩上……
我们就像父子一样……”
我的朋友五十岁
可耶稣永远是一个青年。
“他的头发那么白……
上帝可怜我这个孩子……”
这是可能的。然后
我睡过去了一会儿
半梦半醒之际涌起一阵异样的敏感
能感到我们正飞过云层下面的一个小村庄
似乎就是耶稣诞生的那个小村庄。
上帝是一位古老的圣婴
怜悯我们这些未来的老人，是可能的。
“他的头发那么白……”
像此刻天上的月色清辉。

效果 | 寒玉

那年早春
我跟搞摄影的朋友
顺着泗河堤拍片子
他遇见一个放羊的老头
蜷卧着晒太阳

给那老头一颗烟抽
然后让老头在
浇庄稼的机井房旁
摆了几个动作
弯着腰慢慢走
手搭凉棚远望
靠坐墙根耷拉头
为了追求效果
朋友让我在上风口
一把一把扬撒着黄土
拍出了一组所谓
老无所依的片子
得了国家级大奖

吃的艺术 | 洪君植

亚当和夏娃吃了
蛇给他们的苹果
这是西方人
如果他们是中国人
肯定吃了那条蛇

一行字 | 洪君植

大华府参观国家印钞局
在一个车间老师傅的工作台旁
发现一行歪歪扭扭的
中文繁体字：
我一辈子的工薪
只值经过眼前几秒的钞票

某种诗 | 侯马

有一位来自故乡的朋友
是一位画家
当她意外发现
我写诗的时候
十分兴奋
邀请我去
她的画室
她说在画室
我画画你写诗
多好啊
我绝对不去
因为我绝对不写那种
"我画画你写诗"的诗

操场 | 侯马

我穿过市立二中的操场
说是操场
就是一大块平整的泥地
一群来进修的乡村教师
蹲在地上刚吃完了午饭
后来每次来到操场
我都会想起那一小堆
被挑出饭碗扔在地上
粘上了泥土的肥肉片

雨后农舍晨起 | 侯马

雨后
大地泥泞
村人晚起
寂静的院子里
总是有梅花样的猪蹄印痕
树杈般的鸡爪印痕

以及消化良好的猪粪
消化不良的鸡粪

鼓掌 | 胡锵

我发现我的双手是翅膀

翅膀是不能鼓掌的

翅膀也不是用来鼓掌的

当掌声雷动　大雨将至

我把我的两个翅膀

平放在左右扶手上

后视镜 | 胡锵

在一所中学大门两侧

停放着一排排电动车

我经过的时候看见

一排排的天空

一排排的夕阳

在后视镜里

拒绝总统 | 胡锵

特朗普想租借

梵高的《雪景》

挂白宫他住所

被博物馆拒绝

或者说被梵高

1888年眼中

至今未融化的

那场雪

拒绝

老伴 | 虎子

一对老夫妻

从医院相约出来

跳进了郊外的水库

没有遗书

也无证言

他们从监控中

判断

中途大娘犹豫过
是大爷回头
拉了她一把
她才坚定地
与大爷一起
跳了下去

五叔 | 虎子

看到邻居家仨孩
个个有出息
最大的听说当了厅官
再看看自己的孩子
都窝在家里
五叔心里不服
经常骂骂咧咧
抱怨命运不济
我亲眼看到
一次醉酒后
趁夜深人静
五叔跑到邻家坟地
挑了三担土
倒在自家的祖坟上

这个冬天格外的冷 | 虎子

一个三四岁男孩
坐在路边台阶上
女人跪在面前大哭
从人们的议论中得知
这个单亲妈妈
带着患脑积水的
儿子来治病
花光了所有
病没治好被迫出院
妈妈一遍遍说对不起
一遍遍地向儿子磕头
儿子受不了啦
也跪下向妈妈磕头
在空旷的大街上
母子俩互相跪拜
如同拜佛

响声 | 黄海兮

秋雨打湿了树叶
它们还有自己的温度

青色的或者黄色的

有好多片树叶

和招贴广告

交警罚单一起

张贴在车窗玻璃上

借着雨水顺流而下

我走在树下

没有打伞

雨水，树叶和一只蜗牛

落在我的道路上

我听见了

三种声音一起

湿透了我的衣裳

一只蜗牛的壳

雨点和树叶

被人踩在路上

但这会儿只听到雨声

1996，县城 | 黄海兮

1996年

我请李晓东看录像

我们刚进录像厅
放映的画面
传来一男一女的呻吟
我和她坐在角落的
双人沙发上
我便闻到李晓东头发的
茉莉花香水气味
和录像厅充满的
尿骚气味
烟草气味
脚臭气味
并有布沙发上的精液气味
和来苏水气味

昏暗县城的
城中村
建筑工地
断头路
单位家属院
都有这其中的某种气味
那年，我常走的大街小巷
而现在我闭上眼
那种气味
总是跑出来

看见绿 | 黄海兮

乡下房子六间
能住三间
母亲卧床不起居一间
妹妹照看母亲
住一间
一间做饭
另几间
漏雨

一天，我走进其中一间
弃之不用的农具
石磨和杂物
占满潮湿的房间
有一株爬山虎
从祖母用过的
脚盆、痰盂边出发
爬向窗台边一口漆黑的棺木上
阳光正好从瓦缝里
漏下来
我看见它和旧棺一起
熠熠发光的绿

无题 | 吉尔

我刷了碗筷
洗了衣服
拖干净地
习惯了
在家
自己像母亲的样子
没有活儿时
我是一个空的塑料水桶
放在水笼头下
接着水滴

姐姐哥哥 | 吉尔

万象影院
有一个服务员
真的
辨别不出来
是男是女

一个四五岁的小孩子跑上去
嘟着嘴

姐姐，哥哥

服务员
低下头
笑着说
“来，叫哥哥，哥哥给你一个粉色的气球”

东京面条 | 江湖海

东京王子饭店
一路之隔
轨道枢纽站的底层
我吃到了
只在我的老家马头山
才吃过的面条
那是一种磨粉晒粉打浆
再漏丝晒丝
在乡村大鼓的鼓点中
经过一道道
精细的工序才会诞生的面条
是韧性十足
吃起来麦香满嘴的面条
我14岁离开故乡
吃过甜酸辣各种各样

味道夸张的面条
它们的速成让家乡的面香
渐行渐远
没想到这一刻会在东京遇见
头顶不时有列车
进站或启动的声音传下来
高低分明的节奏
和马头山大鼓发出的
也没什么两样

这一屁地动山摇 | 江湖海

护士进来问
你爱人放屁了没有
医生进来问
你爱人放屁了没有
请来的月嫂
无可奈何地摊开双手
啥法子都想了
可你爱人就是没有
放出一个屁
温馨病房茶几上的电话响了
又是丈母娘打的
丈母娘问女儿的屁事

问了好几回
爱人乡下的舅妈
也来电询问
外甥女怎么还没有放屁
大家那么急
作为老公我能不急吗
从产科手术室
出来已经两天半了
专家说了
再不放屁后果很严重
我都快急死了
我都恨不得自己变成
一个屁了
我火急火燎走到窗前
恍然看见
地在抖动山在摇晃
身后传来一声
老公老公我放屁了
云开雾散
我禁不住老泪纵横
事后得知
其时台湾地区六级半地震
惠州有明显震感

压力 | 姜普元

从江油诗会返回的路上
我和两个写诗的女儿
说起李白24岁
仗剑出川，远游四方
他的商人爸爸出金30万
给他作盘缠
女儿问我
这30万相当于现在多少钱
我说有人算过账
按当时的物价
可以买下30万石大米
1石是150斤
也就是4000多万斤
约合现在1个亿
说到这里
我和孩子们都沉默了一下

阿山好大 | 姜普元

从泰山顶上
撤到

半山腰

天已经暗下来

望着远处山崖上的的石刻

孩子们异口同声地

念道

阿山好大

我觉得奇怪

仔细一看

原来是

大好山河

孩子的念法

缓解了

我对那些所谓的

雅士们的厌恶

无题 | 姜普元

教过的学生里有个市长

这让他在酒桌上

音量爆表

市长出事之后

我以为情况会有所改变

没想到他还教过一个副局长

像个备用胎给

拎了出来

牵引——一个精神分析师的手记（十一）｜靳晓静

我想离婚，你说
他打了我，他竟然打了我
你亮出那块青紫，这个家完了
他没什么好，当初我找他
就是看中他的好脾气
结婚那天，你对他说
你一辈子不准打我，否则玩完
他愣住了，他说你真逗
你说的事儿八辈子都不会发生

日子如流，水下面的鱼
在循着记忆返回出生地
你也在这队列中回家
暗黑中亮起的信号是
家是疼痛的地方
家是你抱着父亲哭喊
又被一脚踢开的地方

你恍若隔世
夜里起床时发现
丈夫的呼吸安宁而陌生
一个声音在暗黑中说
家是疼痛的地方，你要回去

你开始抱怨，开始挑剔
开始乱发脾气，一个月不行
就再加上一年，一年不行
再加上三五年
你一定要再造出一个父亲

现在，你终于成功了
这疼痛多么熟悉
感谢这暗中的伟大牵引
不重复怎配叫命运
现在，你要看见这些暗黑
摸着这些疼痛，然后让命运反转
在东方发白时，你必得重生

疯狂之诗 | 君儿

现在可以说说我的疯狂了
我的疯狂是一天一夜看46集电视剧
我的疯狂是每天7点钟起床
打谷粥　蒸蛋羹　煮金银花水
然后赶40分钟 经过7个路口
到一栋大楼里消磨
8个小时也许有事
也许无所事事的时光

思想驰骋而肉体受缚
我的疯狂是无论如何都要
有笔在手　用以起草公文
用以秘密地写诗
好诗是这红尘稀罕的天物
其实不为取悦世人眼
从不接受庸俗者的供奉
我的疯狂是在正午的阳光里
站着睡觉　听宇宙的风
在楼道里嘶嘶低唱
我的疯狂是早上7点半
目睹冬天迁徙的小鸟飞过厨房
我的疯狂是不明白
何以8年时间里
凡我脚步所过之处
路面被翻起　树木被迁移
管道被刨出　公交站亭被挪走
便道加装了盲道
林间草地被铺上青灰地砖
而停车场吞没了越来越多的花园绿地
我的疯狂是20年默念着空性
而从不知道空性具体是指什么东西
我的疯狂是桌面上立着三个空酒瓶
而我仍然清醒地坐在电脑前分行
我的疯狂是我有一个战斗到死的老娘
有一间过于宽大的书房

有时我从睡梦中醒来
觉得此身已活过千年而且还在黑暗与阳光里
继续生长

说话的树 | 君儿

这么多麻雀
聚集在海边
你如留意
每根树枝几乎
都在喳喳讲话
那是时空里
另一种海浪

知青赠我白米饭 | 君儿

1970年代初
城里来的知识青年
在学校操场埋锅造饭
禁不住馋虫啊
屁孩之我如受天启

端了海碗来到操场

叔叔见到我

也不说话

给扣了一铲

一年吃不上几顿

白花花的米饭呈现眼前

记得我做梦一样

捧了碗就往家跑

没出多远

可能是太激动了

也可能脚底没准

一跤跌倒

整个一碗白米饭

飞进猪圈

夏天，88岁的老岳母 | 老张

一颗西瓜籽

落在她椅子前的地面上

她拿起苍蝇拍

拍了拍

又用拍子边

勾了勾

过了一个时辰
她又拍了拍那颗黑瓜籽
并用拍子边
推了推

线索 | 李东泽

接连三天
她梦见老妈脖子疼
第四天
她带人到坟地
把棺材打开
发现老妈的项链
不见了

冬天的乐曲 | 李伟

空旷的雪野上
一头大黑熊挟着
一把小提琴
在大雪中跋涉

天黑之前
他必须要赶到
那片黑森林
他抬头看看天空

雪一点没有
停下来的迹象
他又低头看了看
那把小提琴

他笨拙的身躯
继续向前挪动
雪不断落在他头顶
和后背的皮毛上

在那片黑森林里
雪同样下着
但戴着毛绒绒
棉帽的听众们

都已提前到来
他们安静地等着
每棵顶着雪的树下
都坐无虚席

无题 | 李勋阳

我曾经有过这样的童年
每年山花烂漫的时候
正是我们家
青黄不接的时候

普惠泉旧事 | 李岩

院子里
那么静
麻雀停在颤巍巍的晾衣铁丝上
转瞬又落在
花坛棱形的水泥围栏
一个两岁男娃娃伸出毛手手
叫“鸟鸟”
三棵白丁香在前后院怒放
香气逼人
有谁在亭子前石阶上
一边吃饭一边在小本子上胡写
——但圆珠笔没油了！
二楼拐角的恶棍才三十几岁
双簧管幽咽的曲子在叶丛间

呜呜锯着

只锯断了一个失眠者的午睡

和停在楼梯阴凉里

加重自行车

轮圈上一根钢丝

那个男娃娃坐在石头上的光屁股有点烫

坐轮椅的女人 | 莲心儿

她在医院的后花园

转轮椅

抿着嘴唇

她的影子在地上

好像站了起来

没看到和我一样开电动轮椅的人 | 莲心儿

从南京到当涂

从当涂到南京

从南京到苏州

从苏州到吴中

从吴中到吴江

从吴江到同里

只遇到两个推着轮椅的人

难道他们这边没有残疾人？！

不可能！！！

母亲的家 | 琳子

她喜欢脱掉上衣

露着乳房。现在

我帮她洗头洗脊背洗乳房洗屁股她舒服的

直哼哼，哦

我82岁的老母在自己家的黑澡盆，让我把热水一遍一遍

浇在她头上，脖子上，后背上

她舒服地直哼哼

你的嘴唇 | 琳子

爱吃甜

它撬开了我的嘴

爱舔嘴唇爱
糖纸更爱形形色色的蜜罐

我是你的灯盏
你是我的后背和脊椎

——于是我们缠绕，我们重叠，我们咬紧对方的
肩胛骨。这和爱情多么相似

——甜和甜混合
甜和甜冲撞，甜和甜驶入
彼此的深渊——直到你被我咬到骨头
这和爱情多么相似

但，我的玻璃在飞，我的蜜蜂在飞
我的黄昏，在飞

撕纸游戏 | 刘畅

年近不惑快要撕完了一张纸的
二分之一
剩下的二分之一
如果活到八十岁

就算事先赊来的

在剩下的半张纸上

撕掉二分之一的睡眠(包括越来越长的失眠)

三分之一的饮食

剩下的给公司、父母、爱人

孩子……

继续……

至于我，只剩下指甲片大的

一小块

我无法撕掉自己

我的手指颤抖着

而视若生命的诗句

小得像一粒微尘

名字史 | 刘川

在深圳布吉镇模具加工厂

她叫

第1329号

在东莞天上人间洗浴中心

她叫

林婉儿

在天津某人流诊所

她叫

姓名不详

在河南省南阳市宛城区官庄镇路边墓地石碑上

她叫

张翠芬

吃夜宵记 | 刘川

明明已经

在食堂吃过了

仍然想吃

名之为夜宵

明明是去吃东西

却常只是

喝点小酒

明明是喝了点小酒

却常大有醉意

愤愤离席

大骂着归来

明明是生气归来

中途偶遇领导

却仍然嘻嘻笑着

上前问好
明明与领导道别时
无比的欢天喜地
回家却突然
抬手给了自己
一记耳光

鸣沙山 | 刘强

沙子从指缝滑落
没有响声
看不出一二三
沙子反复从她的指缝滑落
我看得有点不好意思了
她才抬起头
望着我笑了笑
一个人千里迢迢
坐在沙山上玩沙子
一个人千里迢迢
站在沙坡上
看一个人陌生人
玩沙子

母亲是飞走的 | 刘溪

至今我都不能原谅自己
让大夫给她上呼吸机
我看她憋得难受
不知道用上了就取不下来
她嘴里插着塑料管
脑袋上戴着冰帽
像全副武装的宇航员
那天夜里她看着我老是流泪
我知道她有话想说
就装作明白她的意思
过一会给她擦一次眼泪
她起飞前最终无话
只在屏幕上留下一条直线

吃牛头 | 刘一君

转到我面前的时候
整个牛头
对着我
白色的头骨板上
码放切好的牛头肉

像大朵开放的
酱黄色牡丹
被我们一片片
分食着花瓣

最后
露出牛眼
主人一直在赞美
牛眼的美味
朋友便拿起刀叉
戳进眼眶
半天才把牛眼挑出来
终于剩下黑洞洞的眼眶
瞎在赤裸的白骨上

我仔细地看了它的牙
这是终生只咀嚼草料的
大平板儿牙
无害
毫不狰狞
红烧乌龟上来后
它被撤下
扔给了院儿里的狗

索家坟之夜 | 吕约

超市门口一个六十岁男人开着高音喇叭闭着眼睛唱
“啊，伟大征程我们踏上了伟大征程——”
——爸爸，这么晚你为什么不回家？

河对岸声音更雄壮，首钢退休工人歌队“烽烟滚滚唱英雄——”
“小白杨呀小白杨，陪我一起守边疆——”
——妈妈，这么晚你为什么还在前线？

逃到家门口，台阶上坐着一个满脸油污的装修工
对着手机嘶喊“你让我怎么办你说我该怎么办”
左手不停打着手势像哈姆雷特
嘶喊变成哭号……
——孩子，这么晚你为什么突然发疯？

到处都是无法安静的人，即将崩溃又不肯放弃的人
无话可说的人发出最大的响声
沉默不语的人陷入狂躁
我恶狠狠地咒骂他们，又为他们叹息也为自己
他们依然又唱又哭压根儿听不见

第一次听见自己哭 | 绿夭

我姨侄女三岁的儿子
患了白血病
确诊报告出来
我刚从医院到家
听到消息
我嚎啕大哭
边哭边数落
“我的萌伢为什么会这命苦
她这善良这善解人意
又积极努力
命运为么要这样对她
伢平时招呼得也这么好
为什么会这样
我想不通哇……”
突然，一个女人的哭声
数数落落的
像小时候村里的怨妇
吓我一大跳
我发觉儿子静默在旁
用手机悄悄录了我哭的视频
这是我第一次
见到了自己哭
也第一次明了

那些我从前嘲笑的村妇
她们嘶嚎的悲苦

妈妈的担忧 | 绿天

头一回去香港
带许多免税品给妈
没想她不喜反忧
说："你跑那远
看你将来怎么办啰
每个人都会死
过奈何桥之前
得把自己尘世的脚印
全擦掉
你满世界跑
怎么擦得净？"

蓝月亮，2018年1月31日 | 马铃薯兄弟

我们站立在雪地里
面对一百五十年一回的天象

倾听时间的血液汩汩流淌

月亮慢慢消失于一张大嘴，又被缓缓吐出

我们持久地仰起脸庞

像一面镜子映照大河里沉浮的船帆

那一刻，我多动的孩子沉静肃立

眼睛里有了惊奇和忧伤

偶有行人经过

孤独和沉静并不因此而稍有减缓

面对时间和空间

我们像两个偶遇的人不期然的相遇

毕生，只能有一次这样的经历

这样并排站在雪中，面对

奇异的天空

就像在浩瀚无涯的时间里

我们注定只能父子一场

一个劳动者 | 马铃薯兄弟

他不用指纹识别

他说：干我们这个的

说不定哪天

手就没了

病房记2 | 马知遥

63岁的老头不会做饭
34岁的儿子不会做饭
27岁的儿子不会做饭

他们轮流来看邻床大姐
头不抬
进门就在手机里沉醉

大姐说　我真恨我这身体
他们仨没了我
咋办

我为什么喜欢酒 | 漫尘

因为我觉得，越来越像你了
通过酒，你从我体内活过来
那迷醉又拘谨的笑
那迷乱又浑浊的眼神
还有那词不达意的嘴唇
让我听见，你在我体内发牢骚

你一辈子活得窝囊
和子女也很少掏心窝子
喜欢一个人，喝闷酒
喝着喝着，就长声叹息
几杯下去，才抬头看身边的亲人
这个江南水乡一样温潮的男人

这个生命最后丢失了记忆的男人
现在像酵母菌，在我的血液里流窜
并时时检举我的犬儒或流氓基因
这很好，能让我越喝越清醒
让我一次次举杯，对着脑电波中的你
示好，祝祷，弥补一个做儿子的过错

一滴泪 | 梅花驿

1976年秋天，毛主席与世长辞
全国人民沉浸在巨大悲痛之中
大队部院里也搭起毛主席灵堂
学校师生及大队社员在雨中守灵
我的一位同学被拒绝参加活动
他是地主的儿子（他的父亲
在旧社会，做过教书先生

长得白白净净，外号“白茄子”）
这些天他一直在大队部院墙外游荡
有时候他垫起脚尖从墙缝向院里看
望见同学们坐在板凳上和雨一起流泪
他眼里的一滴泪不知不觉地流了下来

扫盲 | 梅花驿

母亲小时候
只读过两年书
识的那些字
早还给了老师
父亲退休后
和母亲一起念经
母亲又慢慢认得了
大部分汉字
晚年竟独自
读懂了佛书

致奥拉夫·H·豪格 | 莫渡

无法像你那样
平静、耐心地对待每棵果树
锄草、写诗
甘愿被果树围困在乌尔维克小镇
收集马粪、枯叶
终生为白纸和一棵苹果效命
读李白、读陶潜
把剩余的苹果酿成酒
存入地窖
用来缓解你的头痛

干旱的夏天
果树们从它结出的果实里
一点点抽走原本属于它的水份
对此，我束手无策
我想知道
你如何解决类似问题
你又是如何
让自己心平气和地写诗
在为一筐苹果讨价还价之后

挖井记 | 莫渡

我们在果园挖了无数水井
同时挖出树根和碎骨
看着一个人渐渐消失在黑洞里
我们探入半个身子
朝里面喊："上来，歇一歇。"

然后另一个人提着马灯
下到井底
我们渴望他带来好运
在他下去之前
我们威胁他
你若再弄不出水来
干脆把你埋下面算了
他说
埋了好，埋了倒省心
到时你们可都得给我戴孝

食心虫的幸福 | 莫渡

一条住在果核里的虫子
不知道幸福为何物

在甜蜜的城堡里
变成胖子
并不能让它满足
或者让它颓丧

它小心翼翼地凿洞
从一颗苹果里探出脑袋
打量着果园里的我
——一个失败又气馁的农夫
果核里堆满
它的粪便
没有一丁点甜味

蝗虫交配的季节 | 莫渡

正午的田野里弥漫着
刺鼻的农药味
包括我身上
草帽和我的手掌
从果园出来
收拾工具时
妻子说，你听到了吗
这窸窣的声响

“当然。”

我告诉她

这正是蝗虫们发出的

交配信号

咱们得赶快回家

把田野交给它们

在我打响我的马达之后

蝗虫们的求爱声将和空气

一起沸腾

白发 | 默问

有次给妈妈盛小米粥

刚放在桌上

一根粘着米粒的白发

那么显眼地

搭在碗边上

妈说：是我掉的

我说：是我掉的

母亲的回忆 | 默问

六岁时
我提着壶去茶馆倒水
老衙门楼下边
两个站岗的日本人
用带刺刀的枪截住我
不鞠躬不让过
鞠一躬
他马上鞠躬
还礼
然后哈哈大笑
让开道路

破密 | 默问

他迅速把一段文字
复制到食指上
左划，删除
妻子手疾眼快
抢过手机
用她的食指
把他不可告人的秘密
粘贴到记事簿上

学府路 | 娜夜

没有时间仰望星空的童年
不再是童年……每次
从这里经过
都悲从中来
失去了童心和漫长的人生所必须的：快乐的能力
孩子们学到了什么？
每一次
我都对这条路说：
不尊重个体生命差异的教育是一把斧子

第六病区 | 娜夜

有人玩着空气
有人正把自己的影子按进一堵墙里
呼救声捂在手心里
——你也有过

有人用昼夜做成剪子是因为
那个叫想法的东西
就隐藏在空气里
一直剪下去

它们就不会链接成一条绳索

如果她将乱发束起
头顶正盘旋着一只海鸥
就是马克斯 · 克林洛油画中站在礁石上的女人:
打完这些药水
我能变成一条鱼吗?
——她替我们疯着

人世 | 潘洗尘

母亲的内心
应该是带着
巨大的满足感
走的

在她生前最后的
那段日子
所有的亲人
昼夜不停的
陪在她的身边
尤其是一个
一辈子嗜烟如命的人

在病房里
还能享有抽烟的“特权”

当然　最让她豁朗的
还是她觉得
作为永远的核心
这个让她整整操持了
55年的家
即便自己已躺进了
CCU甚或是最后时刻的
ICU病房
一切
都尽在她的
掌握之中

但在母亲走后
还不到两年时间里
过去长达55年里
都一直对她
唯命是从的我父亲
据说
已经先后又换过了
两个老伴儿

天鹅 | 庞琼珍

泳池边的女孩　美得如天鹅
沐浴后　她的头深深低下
双臂向后高高扬起
像刚击水后展开的天鹅翅膀
忽又敛翅收紧　我惊呆了
她要做什么　原来是要
扣好一粒脊背上的胸罩锁扣
哦　迷人的妹妹
在春天的早晨
你要敛住那两只扑腾腾的天鹅
非得用天鹅展翅的动作完成

马博物馆 | 庞琼珍

一尊马的雕塑
半露出厩栏
近看居然是一匹活马
囚禁在两平米展台
局促地探出
活体标本的头
鬃毛被涂成彩色

编成发辫

它和我一样

每天上八小时班

大饥荒 | 庞琼珍

在吃光了

烂红苕

花生壳

谷糠

野菜

草根

树叶

树皮之后

饿

极了的

他跟着大人

找还能填肚子的东西

石头缝里的

白泥

抠出来

放进嘴里
软软的

到肚子里
硬成石头
想活命
要从肠子里抠出

60年后
姐夫在病床上说
它叫观音土
就像现在孩子们
玩的橡皮泥

墙上的钉子 | 任意

老屋墙上一枚钉子
挂过父亲的草帽和镰刀
也挂过母亲捆柴禾的草绳

几十年了　这枚钉子
仍然银光锃亮
如今　挂着母亲的孤独与忧伤

当年父亲钉这枚钉子
是为了挂我的书包
想挂起一家人的希望

他从未想过
哪天会把自己挂在
墙上

邻里关系 | 任意

每年去福乐山庄
给父亲扫墓
烧锡箔

妈妈总会提醒
给隔壁阿姨
也烧一点

你爸爱搓麻将
出去后万一下雨
让她帮帮收收衣服

日式道别 | 瑞箫

只有在酒后
你才能见到一个真实的日本
只有在酒后
你才能见到日本的眼泪
当年
酒后的浪人拔出了刀剑
酒后的俳人
走去寂寞池塘边和一只青蛙对话
今天
酒后的东京都人三五成堆
盘踞在一个个小居酒屋门口
反复拥抱　鞠躬　感谢　致歉
人生难得欢聚后
各自如云四散吧
地铁里的道别是最节能环保的
沙扬娜拉?
那太严重了
深夜的地铁站台上
东京人只简单一挥手

诗旅行 | 瑞箫

听说群山可以疗伤
真的可以吗
登上大巴
一路枕着青山绿水前行
作为纯粹的旅行者
我在旅途中并不写作
一路酣睡
难得醒来录一点灵感
整日看云
偶尔也会从天空的彩色显示屏上
翻阅到往事和故人的踪影
无边的天空有时也会替它们
镶上彩虹的边框
和烟雨的玻璃
只是从来无法下载
即便用手机抓拍
也只是一片空白
我只有用眼不断合上
天空这本大大的照相簿
继续用睡眠拉黑
天空电影院没完没了的倒带和回放

红与黑的断片史 | 瑞箫

冰凉的

一条现代之蛇钻出了

古拜占庭帝国遗迹的阴影

一块雕刻着古代铭文的岩石

向着分解后的后现代国家吐出了

猩红色的舌头

一群蛇的幻影丛生……

早晨的日光瞬间照亮了

整个破碎的遗址

这不是赤壁

这里是黑山

有着无数暗黑色的崖石和被风掀动的黑暗森林

黑色的湖泊曾像人的眼睛和灵魂一样闪闪发亮

黑色的

被历史不断修正的绵长的海岸线

此刻正蛰伏在

一轮模糊的红日中

清醒 | 三个A

作为一名现代诗人

人到中年后

特别爱回忆
每次听到
一些感伤的
抒情音乐
我就会提醒自己
这不是诗歌

祖国山河 | 三个A

他们在纸上画出祖国的样子
在祖国里又画出河流山川
画出漂亮的房子
画出人们在收获的季节里
围着火炉吃饭猜码
房子外面有鸡鸭狗等家禽在嬉戏
一派和谐幸福的家园景象
这幅画多次获得国家级大奖

English | 散心

我村解放那年
他从燕京大学

辍学回村

当了猪倌牛倌

成为斗批改对象

我上初二时

开设英语课

全公社找不出

一个会英语的

我和同学

去生产队牛棚

找他做辅导

他的牙齿

早早脱落了

空洞洞的嘴

发出的读音

还是那么

English

禁止大声喧哗 | 散心

候车室的

警示牌下

一对夫妇

在用哑语教训

他们的女儿

看他们上下

翻飞的手

他们的态度

一定很严厉

小女孩的眼里

泪光闪闪

接开水走过时

我对那对

喋喋不休的夫妇

指了指墙上的

警示语

筷子的爱情 | 散心

我和你

多像两根筷子

但我们

长短不一

粗细不一

弯直不一

而我们的爱情

又像一条泥鳅

盘在盘子里

我们夹啊夹啊

夹了半生

总算夹起来了

可惜

又掉到地上

忍着 | 商震

闷了一天

阴了一天

天气预报说有大雨

我似乎也看到了云层里的雨

可是雨

被云含着

被苍天忍着

就是不落下来

雨在半空悬着

我等雨的心也只能悬着

天空越来越闷

越来越阴

直至我把一堆骂人的脏话

变成悬着的雨

在嘴里含着

在心里忍着

诗是什么 | 尚仲敏

有很多朋友

为诗所苦

在书桌前

挑灯夜战，日渐消瘦

还有一些朋友

所谓的学院派

拿着外语词典

搜肠刮肚

用遍意象和隐喻

写一些连自己都不懂的

翻译体

我从十七岁开始写诗

直到今天才知道

诗歌就是

你喜欢一个美女

就对她说

有什么事

我们躺下再说

反腐 | 尚仲敏

今天，冒着严寒
我去看我的一个朋友
副部级
在仁寿看守所
他因为腐败
进去了
我说
伙食怎么样
他说
蔡英文当了“总统”
她要搞台独
我坚决反对
我说
看守所伙食怎么样
你先回答我

出租车 | 尚仲敏

晚上吃过饭
我的司机送客人回去
我上了一辆出租车

去另一个地方喝酒
出租司机一直在哼《映山红》
这是我喜欢的一首歌
但他唱得太难听了
我实在忍不住了
就对他说
我唱一遍，你听
唱完后
这个家伙满含热泪
说，哥，一看你就是个文化人
我是成都市五小毕业的
你读的是哪个小学

沈浩波论诗人如何超越自己 | 石蛋蛋

屁股决定脑袋
必须超越自己的屁股
屁股是社会给你的
阶级给你的
血统给你的
生养你的土地给你的
如何超越?
说狠点　你得干掉它

中产阶级必须干掉趣味
无产阶级必须干掉自己的底层感
文艺青年必须干掉自己的文气
知识分子必须干掉自己的坚硬
有过寂寞乡村生活的人必须干掉自己泛滥的柔情与抒情
读书人必须干掉书本
我们不能期待命运之手主动干掉你自己的屁股
那就再牛一点
主动干掉　亲自干掉

12岁的一天 | 石峰

我听见一个男孩
隔着女孩的白衬衫
拽起她胸罩的背带
弹在皮肤上的声音

她们都在笑，只有你露出了牙齿 | 时宁

一张照片让我记住了你
她们都在笑

只有你露出了牙齿

全部的牙齿

那真是一个好范本啊，关于

牙齿的范本

整齐可数的上下牙

咬合完美的上下牙

那一年

临澧县所有的春光

都落在这个

女知青的牙上

那一年在太原 | 时宁

太原的风

恶狠狠地刮了我三年

把一个南方的瘦弱的女孩子

刮得生猛凌厉

一块钱买农民三斤葡萄，不在话下

帮室友搓澡，人人喊疼

那一年，和相恋几年的男友分手

一个月不到，就公然爱上别的男孩

并恶狠狠地把合影传到网上

走在校园，沙子粗鲁地袭击包着围巾的后脑勺

从东区到西区上课这一段

像挨了一顿打

那时我以为

风和沙子会一直这样猛烈地刮下去

直到有一天，风和沙子

忽然停下来

那天天空明净，我爬上二龙山

看到油画般的夕阳一块块铺开，于是重新变得温柔起来

从此

我带着粉紫色的温柔

走在路上

总有一条河 | 时宁

我在高铁上

看过很多风景

这些大好河山

这些温和沉默的

光和影

有时突然就被黑暗吃进去

那是进了隧道

黑暗中
我思维辽阔
辽阔到根本不需要视觉
黑暗中我感觉
这世间　总有一条河
是从我流向你的
而你那里
也有一条看不见的河
流向我

第一件羽绒服 | 水央

多年前的一个冬天
特别冷
母亲给上小学的我
手工缝制羽绒服
接连两周成都东郊
厂矿宿舍区
最后灭灯的那间房
不时飞扬着
轻柔的雪绒花

母亲 | 唐小米

那几年总看到一个女人
赤裸着上身
在大街小巷疾走
嘴里不知嘟囔着什么
每隔一两年，她的肚子就胀大缩小
乳房淌出奶水
像两只被拔去塞子的水袋
有一年冬天
她把孩子生在街角
卖红薯的老太太告诉人们
她的孩子冻死了
她捡的一只小狗
舔干了她的奶水

那谁 | 天狼

只看他的长相
就很令人难过
标准相框子脸
留的还是长发
贴着相框子两边
黑纱一样垂下来

岗位工 | 天狼

老李不单入睡快
呼噜也是一鸣惊人
他一躺下
喉咙里的涡轮
就呼呼飞转起来
如果用来发电
他就是世界能源之父
什么风电火电
水电核电
在他面前全变成
滚犊子的闪电
可我不得不说
和他一起值夜的日子
是我最痛苦的经历
整夜整夜
听着他巨大的轰鸣
守护着他发动起来的身体
我不折不扣
成了他的岗位工

想不通 | 天狼

听说皇上要出行
忙坏了娘娘东西宫
东宫娘娘烙大饼
西宫娘娘剥大葱

想不到
这个民间曲艺段子
在1971年得到补充
张大爷恨恨地说

林秃子在北京
天天油条卷烧饼
咋还叛变逃跑呢
想不通，真想不通

出处 | 拓夫

在厕所门口
一个评论家对我说
“你找你自己最满意的十首作品
给我，注明每首的出处”

我猜他的意思是每首诗
要注明发表的刊物
我边往里走边点头说好
走到厕所里面
突然醒悟
他看重的是我尿的地方
而不是我的尿

原来我们都想多了 | 拓夫

到川西采风
从雅安出发
沿大渡河一路走
直到康定
陪同的当地朋友
说这地方
一年有一大半时间
不是阴就是雨
遇个晴天
就算过节

我突然就明白了
那句歌词的意思——

太阳出来啰喂

喜洋洋啰嗨

终于知道什么叫嚎啕大哭了 | 王小川

在医学院急诊科门口

一个女人

抱着孩子

坐在台阶上

嚎啕大哭

我看见孩子

在这个冬天的傍晚

赤脚

绷得僵直

我还看见

不远处

一个男人

仰天哭着走过来

抱着台阶上

痛哭的女人

我还看见

保安把他们两个

撵到医学院门口

人行道上

他们两个
依然抱着
赤脚
绷得僵直
一动不动的孩子
嚎啕大哭

一念 | 乌城

里所在诗中写
“岩兰草的气息”
一念间我想复制这一句
粘贴到搜索引擎
转念一想
能传递味道的搜索引擎
还没被发明出来

硬汉们 | 乌城

美国硬汉
海明威

马尔克斯看见他
上身强壮
但算不上粗犷
屁股小
腿有些细

有一次
海明威中午前
就喝醉了
躺在地板上
肚皮耷拉在腰带外
这副样子
被一位女士拍了照片
海明威要求女士
不得发表
女士照他的要求做了
出版海明威传记时
没选用这张照片
而是把照片镶进相框
送给了布考斯基
酒鬼布考斯基
把它挂在自家墙上

共享单车 | 吾桐紫

清晨

打开窗帘

看见一个清洁工

正在扫落叶

突然

他扔下扫把

弯腰抬起

停在树下的单车

用力地

往另外摆放的单车上扔

瞬间

一大排整齐的单车

纷纷倒下

接着

清洁工

扫起了

刚刚腾出的

空地上的落叶

无题9 | 西楠

2008年8月我和丈夫
（当时还是男友）
在东伦敦廉价出租屋
（不足二十平米）
花里胡哨的陈旧沙发上
对面木桌支一台
快散架的手提电脑
电脑下还摆两扇
小风扇呼呼吹
（以防随时过热关机）
我们瞪大四只眼睛
在卡得断断续续的网上
看北京奥运
我清楚记得
闪银光的五环
从地面升上空中
音乐响起这时
我突然莫名其妙地
嚎啕大哭起来

这一幕到底发生在哪里？ | 西娃

我前夫
因修习奇怪的密宗法门
住进了精神病院
熟悉与不熟悉他的人
都在传说：他疯了

我去精神病院看他
喜形于色有重新爱上他的冲动
“每个探索灵性领域的人
都必须过大疯关
你走在了我前面！”
他大笑着告诉我
他是装疯

与我同去看他的诗人蓝马
悄声对我说
这其实就是：真疯

斜视 | 西娃

她们都沉默了
当我在这155个喜欢并使用精油的人中

讲完——如何用精油调节
男性生殖系统的问题

我讲课涉及的区域：勃起障碍
精子量低，睾丸素过高，阳痿
雄性激素不稳定，荷尔蒙失调，男性不育

她们退场，或低头看手机
或歪着嘴看我，嘴角露出耻笑
曾在私信里，言谈中
她们拐弯抹角问过我，此类症状

现在，仿佛只有我的男人
遇到了以上问题

灵魂的品格 | 西叶

沈浩波说
一个
多年不写诗的诗人
他的灵魂
已经降级

十来年了

我没再写诗

我一直在坑里——

今天

我终于知道原因了

给二老拍照 | 香如故

趁节日好气氛

我们兄妹几个提议

让二老合影

母亲怎也不干

原来父亲染发了

她没染

她说老头子违规

这哪是白头偕老呢

直到带母亲染了发

她才满意地坐在凳子上

谁不会年轻点呀

母亲边埋怨

边把头

往父亲的肩膀上靠了靠

日本签证 | 湘莲子

我交出
我的户口
身份证
护照
单位证明我
在本单位工作了多少年
每月拿多少钱
批了我多少天假
我在境外待多长时间的
证明

我的房产证
行驶证
银行盖章打印出来的
我半年工资
及十万以上余额的流水
证明

我好不容易托人
在五百多公里以外的
人民法庭
复印的
二十七年前的离婚协议

证明

我养的
那条日本柴犬
偷偷地
跟在我身后
好像也在
证明

我相信她爱过一个渣 | 湘莲子

那个
在第一时间
哭悼她
说“她是无辜的
都是我的错”
怎么看
都像在炫耀
他
睡过她

绝经记 | 湘莲子

折耳根

就是鱼腥草

鱼腥草

就是雷公藤

有没有毒

应该

剂量说了

算

反正

我那活了七八十岁的父母喜欢

吃凉拌折耳根

我假装也很喜欢吃

来大姨妈也照吃

连续吃了

一个月

之后

终于

绝经

是爱吗 | 小虾

我接受生意失败债台高筑的自己
我接受婚姻失败伤痕累累的自己
我接受侮辱指责暗地落泪的自己
我接受生病受困奄奄一息的自己
我接受不羁放纵热爱自由的自己
我接受迷茫混沌抽烟喝酒的自己
我接受逃避畏缩固执己见的自己
我接受叛逆任性表现不好的自己
我接受暴躁不安特立独行的自己
我接受笨拙自私并不完美的自己
可为什么
我对自己写不出好诗
这么难受

从南宁到平南的路上看见桉树林 | 小引

雨水是没有故乡的
它们愿意
落在任何一个地方
而桉树则不一样
雨水落在桉树的身上

桉树也没办法
桉树一动不动
桉树让雨水落在自己身上

孤独的老外 | 心地荒凉

一瓶雪花勇闯天涯
一瓶小劲酒
一包中南海
这三样东西
是他的标配
每天下午一两点钟
他都会出现在隔壁
麻辣香锅的门口
坐在门口的
那张白色塑料桌前
边喝着他的酒
边点燃一支烟
边若有所思边
朝过往的美女们
行注目礼
就这样一直到
黄昏的降临
他才会结账离去
这是一个六十岁

上下满头银发的
孤独的老外
有一次初宝
走到了他的跟前
他握住初宝的手
充满慈爱地
逗了一会儿初宝
然后他抬起头问我
Are you her father
我回答
Yes

夏季正在过去 | 心地荒凉

一个三十多岁的
穿蓝色白碎花
裙子的少妇
跟一个五六十岁
肥头大耳的男人
来到餐厅吧台前
少妇结账
当他俩往外走时
老男人突然伸出
肥厚的左手

在那少妇肥美的

大屁股上

用力地拍了一下

像是赞美

也像是感谢

冤家 | 邢昊

我老得越来

越像我爸

妻子老得

越来越像她妈

不知情的还以为

我爸和她妈

咋地了

灵魂的味道 | 邢昊

刘厨师信佛

他说做菜就是

为生灵超度

每做好一道菜

他都要亲口尝尝

灵魂的味道

梦是心中想 | 邢昊

左边停着一列火车

右边停着一列火车

左边火车上的大女儿

和右边火车上的小女儿

隔着车窗

用手比划着

玩得正起劲儿

火车突然开动

一列奔向重庆北

一列奔向北京西

大葱 | 邢昊

母亲躺在炕上

瘦得皮包骨头

米汤都喝不进去了
却不停地吩咐我们
快去给院子里的
大葱浇浇水

母亲一天不如一天
可母亲栽种的大葱
长势却越来越好
出殡母亲那天
院子里的大葱
都长到小腿高了
弟弟说妨碍大家抬棺
我只好含着眼泪
将它们一根根拔去

也是咸的 | 严力

之前我有过无法控制的兴奋
快速的心跳
撞疼了太阳穴
今天又遇到了这样的状况
于是就马上泼上一盆
心理上的凉水
没想到兴奋的程度

却把水烧成了油

在几乎要飞起来的时候

我强迫自己

倒头入睡

第二天醒来时

清晰地记起了梦中的

一条红烧鱼

它在我动筷之时从盘中

迅速地跃进了大海

它甚至比我还要兴奋地

对其他鱼说

挺好

酱油也是咸的

你亮了 | 燕窝

就是这样的

你的被褥里应该有我

我的手指下有你的肌肤，股掌之上有你

攀爬我身下的顽石

和一夜春山

俯仰之间

你成为我头顶的风和云，雷和电

涌入肺腑成为我的呼吸

沿神经线

把热能转化为电能。你亮了！

你的光洞穿我身体，让故事有了光彩

在里约热内卢遇见耶稣 | 姚风

在里约热内卢

我遇见一个长相特像耶稣的人

他胸前挂着十字架，一双眼睛深邃着天空的蓝

他是一个的士司机，载着我

穿越上帝之城，一路上和我聊着

巴西政客的贪污和腐败

贫民窟每天都会死人的治安

以及人类的困境与不确定的未来

是耶稣在微服私访吗？

莫非他驾着一辆的士在体察民情？

他不再是那个瘦弱男子

被钉在十字架上痛苦地呻吟，也不再是

那个伫立在耶稣山上1145吨的救世基督

永远伸展着双臂

却从未把一块面包递给挨饿的人
此刻，耶稣就坐在我的身边
载着我穿过这座城市的富人区和贫民窟
一路关心着巴西，关心着人类
明天会更美好吗？耶稣微笑着
收下了我的车资和小费

吃鸡的人 | 姚风

老牛从车上被推下来
跪在了地上，又颤巍巍地站了起来
一个家伙弯腰将绳子套住它的四条腿
另一个家伙把水龙头插进它的喉咙
老牛在肿胀，发出闷闷的哀号，瞪圆的眼睛淌着泪水
最后它撑不住了，再次倒在地上
一把抡起来的大锤向它的脑袋砸去

大锤砸向牛头的场景改变了他的人生
或者说，改变了他的饮食生活
他不再吃牛，但吃鸡
杀鸡不用锤子

养狮记 | 姚风

我的身体内有一头狮子
它把我的心当成石墩子
蹲坐在上面
时常做出仰天咆哮的雄姿
但从不发出声音

每天我拉它出来散步
让它保留一点原始的野性
但它只是耷拉着头
跟随在我的身后
它已没有了猎杀的冲动

它不再吃鲜活的肉
它习惯了吃超市的狗粮
每次吃完就舔舔嘴唇
再舔舔我的脸
一副心满意足的样子

打子 | 杨邪

对，是打子
不是打字

鹅子鸭子鸡子鸟子
子就是蛋

打子就是打蛋
但不是把蛋打破

小时候，我父亲养鹅
家里人都得帮他打子

这份工作，只需要一个椭圆形的打子圈
擀面杖粗细，篾条编织，外面缠绕绒布

打子圈搁地上，正好能在圈里摆放一只鹅
母鹅每下一个蛋，就得要打子一次

让母鹅乖乖趴在打子圈里很简单，只要
我们用双手握住它的两只脚，往后扳开

当然，事先要把公鹅提溜出来放边上
好了这货它马上就知道自己的使命了

公鹅直着脖颈，骄傲地踩上了母鹅的背
它用嘴巴咬住母鹅头顶的羽毛，蹲下来

它不停地调整尾部，扇几下尾巴
最后一使劲，肛门里弹出一条田螺肉

那螺旋状的东西插进了母鹅的肛门
维持两秒钟，接下完事滑溜出来了

这就是打子，父亲让我们盯牢这工作
他说不打子的话，鹅子就会是个白蛋

白蛋就是孵不出鹅雏的鹅子
它只能被我们吃掉或者贱卖

我们总结的经验是，打子要技术
不光公鹅要有技术，把持的人也要有

把持得好，母鹅的肛门马上湿润了
反之，母鹅在挣扎，公鹅会打偏

打中之后，公鹅会持续地大叫
“洪恩——洪恩——洪恩——洪恩——”

如果没打中，公鹅也会这样持续地大叫
它尾巴下拖着的螺旋状的东西，会流涎

打子失败了意味着要另找一只公鹅重新打
我们会啪一下用手扇公鹅的脖子，骂它笨

永远记得有一天发生的事儿
我和母亲在堂屋里，听闻弟弟在外面喊叫

“洪恩——洪恩——洪恩——洪恩——”
弟弟学着公鹅的叫声，而且模拟了它的神态

我们走到门槛边，发现七八岁的他正追着
吵了架不往来的隔壁家那与他同年的小女儿跑

要死了呀，他还一直咬住她后脑勺的头发
我们赶紧抢出去，一左一右把他揪了回来

其实比喻哪里会过时 | 杨邪

形容一件事物
经验告诉我们
正面去形容，往往是很难的
不如来一个或几个比喻

有一部经典电影
你肯定看过
但你未必记得住台词——
双目失明的退伍军官
在飞机上向一个学生形容女人
说女人的一个香吻
就像越过沙漠后，喝下的

第一口美酒

而乳房，乳头瞪着人

像探照灯

而大腿，不管是否符合黄金比例

还是像二手货钢琴

那两条大腿中间的，正是通往天堂的护照

我要说，就因为

想起了这些比喻

我准备马上再观看这部电影一次

我这是第几次观看

早已记不清了

至于片名，对不起

这么经典的影片

你早就应该知道

接受不接受 | 杨艳

大姨妈一来

用药暂停

艾灸暂停

运动暂停

喝酒暂停

吃辣的暂停

冰的暂停

寒凉的暂停

做爱暂停

这些都没啥

要命的是

大姨妈自己

来了一滴

她就暂停

偷听 | 杨艳

结束后

我们抱在一起

低声说话

隔壁却传来声音

我们安静下来

在黑暗中听着

直到睡着

早上醒来

他第一句话便问我

他们后来做到什么时候?

从未有过的认识 | 杨艳

去妇科看病
医生说
生殖器皮肤有点干
可以涂点润肤露
护手霜什么的

乳房胀痛
朋友说
可以涂点风油精
活络油什么的

过去我从没想过
这两个地方
和我身上的皮肤
一样
只是皮肤而已

妇科门诊 | 杨艳

她和负责在电脑上
记病历的医生

争执了起来

医生普通话问她：

哪里不舒服

她用福安话回答：

我听不懂

医生福安话问她：

哪里不舒服

她用福安话回答：

我听不懂

她把在门口那个

不到20岁的小伙子

（看上去像她儿子）

叫了进来：

我什么都听不懂，你来说

小伙子退了出去：

你这个我怎么说

她憋红了脸

终于用福安话说了出来：

我拉尿的地方不舒服

我想咯吱一下整个世界 | 易志刚

儿子咯吱我一下

我转身咯吱他

他咯咯笑个不停

走进厨房

我咯吱一下正忙的妻子

她停下手中的活

脸上有些嗔怒继而浮起红晕

经过客厅时

我咯吱了一下沉默的父亲

他仰起茫然的脸

露出久违的笑

我独自来到阳台

面对夜空

我想咯吱一下整个世界

却找不到

它的胳肢窝

筹码 | 易志刚

被索马里海盗

提前杀死的

一长串

菲律宾船员

越南船员

柬埔寨船员

都是为继续谈判

增添筹码

最终的目标——

每个白人船员

200万美元

一个响屁 | 易志刚

为了分房子

晚上给领导送礼

担心撞见

住一个楼的同事

蹑手蹑脚

摸黑上楼梯

一不小心

放了个响屁

整个楼道的

声控灯

刷的都亮了

擦土豆 | 银河大风

晚上炒土豆丝

我用工具三下五除二

给土豆剥好皮

不禁想起小时候

妈妈要做饭了

让我给土豆刮皮

有时是用一片碎玻璃

有时是往墙上擦

我家院子有一面墙

沙子混着水泥糊成

表面小颗粒如同砂纸

那上面有一大片

擦过土豆皮留下的痕迹

我擦呀擦呀

每次都气鼓鼓

八卦 | 隐形鸟

某老师患抑郁症的儿子

上吊后不久

学校为了让他出去散散心

派他到市里参加一个会议
同样参加会议的另一个老师
问他
“听说你们那里有个老师的儿子
自杀了
你知道是谁吗”

他们不写诗尤其口语诗，可惜了 | 游连斌

1
面对不断走高的油价
甲说
开车时
每天都听到
硬币
叮叮当当
从排气管往下掉

2
饭吃至一半
乙起身离座
说
不好意思

请个假
我说你又开会
乙说嗯
听局长喷花洒

3

第一次出海
到鱼排边上钓鱼
有几次
大惊小怪地
以为钓到大鱼
鱼竿都拉弯了
也没拉上来
其实都是
甩竿不得要领
在水下勾住了
渔民丙说
你们这
钓地球呢

4

说到那个
见谁都笑
办事拖拉
很会做人
的人

丁说
那人
在街上
见到棵树
都能聊
半个小时

刀锋与坚冰——给布罗茨基 | 袁永苹

我曾嘲笑你的严肃。
对于诗歌和生活。
对于历史，对于你的西方之行，
奥登给予你的荣誉，还有女士们的追捧。
然而我遭到了报应。
就在那天我做了一个梦
关于流亡的梦。
梦中，我和丈夫被永久地流亡
到一个长满热带植物的地方，
条件是，我们永远不能再见
我们幼小的女儿。
在梦里，我泪流满面
我们泪流满面。我哭着
想起了半生已过，一事无成
想起你在美国给家母打过

仅有的几个电话。而你们
终生未见，你的尸骨也
没有返回故乡。
有人体会过梦里的心如刀绞吗？
真的是心如刀绞。
醒来后我向你致歉，向所有人致歉
向睡在我旁边的女儿致歉。
我要向宇宙致下我的歉意。
我应该为所有的悲剧默哀
如果我在今晨听见陌生人的死讯
我就应该禁止自己吃饭。
如果我对陌生人的痛苦
毫无反应，我就应该
惩罚自己的肉体。
我们应当向身边的人致歉。
为我们的忽略，为我们的放弃。
当我们不能面对刀锋
我能遥想到幼年时期的坚冰
是刀锋的模样。
当我们睡梦，我们应当
想到醒来是多么疼痛。
当我们路过坟墓，
陌生人的，我们应当跪下来，
让小草刺痛我们的膝盖。
让风轻抚我们，
洁净，让水流。

爬坡机器人 | 袁源

我在山里长大
对于山地的感受
可能有一部分
遗传给了儿子
证据就是今天
他去参加研学活动
自主设计了
平生第一款机器人
它没有别的功能
只擅长爬坡
可以轻松地
在山坡上来回滑行
运送物品
作用相当于
一头毛驴

二分钱 | 岳上风

沿小溪旁一条
进山的小路
一位农家老人带着

手电筒竹杆子和塑料瓶

进山摸知了龟

问他多么，好摸吗

他说好摸，不是很多

摸了自己吃，还是卖

死了的自己吃，活着的拿去卖

能卖多少钱一个

他回：四毛八

为啥不凑个整数卖五毛呢

他停下想了好一会儿

回我：

卖不上去

小弟车祸去世之后 | 岳上风

母亲问方丈：

为什么

有人作恶多端却

寿终正寝

有人一生行善却

不得好死

都是因果

方丈的回答

和我小时候问母亲时
母亲给我的回答
一个样

火车是朝前开的，去哪儿并不重要 | 查文瑾

某地方言
称编辑二字为bia辑
小编辑
叫小bia辑
著名编辑
就叫著名bia辑
当我还得意于自己此生做过
文字bia辑
图片bia辑
网络bia辑
纸刊bia辑的丰富经历时
谁知别人
已经做上了
大脑bia辑
基因bia辑
人类未来的bia辑

坐在了靠海的位置 | 查文瑾

喝茶时
壁挂的暖气管里
持续地发出海浪的声响
一会儿
轻声细语
一会儿
波澜壮阔
一会儿
惊涛拍岸
卷起千堆雪
可谓一波未平
一波又起
致使这个安静的温暖的傍晚
多了些蓝色的忧郁
致使我们
不得不将话题
从谈论诗歌
直接改成了听海

理智和悲伤入门 | 臧棣

安静时，悲哀是一棵树，
长长的绿叶垂向命运的暗示；
阴影下，呼吸沉重得像
一阵风在查验一块伤疤
是否已经愈合。你分裂为
在世界的表象下，由死亡构成的事实
远远不及心爱比心跳更冲动。
强烈时，悲痛是向你涌来的海浪；
你的面前，不可能没有永恒的沙子，
你的身后，不可能没有永远的棕榈；
而无尽的喧哗蔚蓝一个消失，
或许，再多的化身，甚至比信天翁
更醒目的化身也无法净化
那永恒的眷恋。那里，细沙滚烫，
时间的反光大胆漂白神的喜剧；
你的尖叫就像打开的铁笼门
充满了反响，反弹在腥咸的空气中。

那匹马入门——重读尼采《查拉图斯特拉如是说》 | 臧棣

隔着汗津津的厚皮，
尖锐的疼痛在另一个红海里爆炸；

如果它仅仅是畜生，是挥舞的皮鞭下的
只能由冷酷来麻痹的对象，
那么，在你我之间
让沸腾的血液猛然凝固起来的
那一小坨可贵的惊愕
又会是什么呢？当都灵的乌云
带着黑色的困惑将现场围拢，
哪怕死神偷懒，那永恒的轮回
也会把你中有我带到深渊的边缘，
就好像那里埋伏着比窄门更多的抉择。
那里，坚决到沉闷的空气
叼着热烫的碎片，就好像无意之间，
空气暴露了时间是长过虎牙的。
那里，高昂的头颅被紧紧搂住，
伸出的手臂仿佛来自比神的觉悟
还要清醒的一个生命的动作；
而作为一种阻挡，你的拥抱
是比我们更天真的变形记的
分镜头，你的哭泣是歌唱的项链，
将伟大的疯狂佩戴成
围绕着无名遗产的一圈鲜花。

这个时候 | 张侗

同学追悼会结束
离开殡仪馆的路上
韩俊朋向窦梅花求婚
他们都流泪了
谁会在这个时候
拒绝爱
在这个时候得到的爱
谁会不珍惜

吃饺子 | 张明宇

女儿吃饺子
需要醋
必须老陈醋
倒上半碗
然后拦腰夹起
一只饺子
小口咬掉一头
刚刚露出点儿馅
然后往醋碗里
一猛子扎下去

灌满醋水

再轻轻夹着

送入已等待良久的

馋嘴

太像父亲了！

父亲的利息 | 张明宇

父亲离世整一年

母亲让我

去银行把他折子上的钱统统取出

营业员说

没有了

就剩三块六

要取吗

我说

爸不在了

取吧

她问

硬币行吗

刚好没纸币

我说好

过了一会
她捧出一把银光
闪闪
搁在我手心

过静冈县 | 张小云

一边是富士山
一边是太平洋
在青山绿水村舍稻田中穿行
想到了太平洋那头的家乡
虽然水量不一样多
却都流进同一个大洋
静冈是六山三水一分田
家乡是八山一水一分田
相似的山水看得我如梦如幻
暂时忘掉老家那一分田里
早已种得密密麻麻的
厂房楼宇和烟窗

偶见 | 张小白

一棵树
正坐在货车里
飞驰而去
这次可是
它在车上
我在路边

雨后初晴的早晨 | 张小白

这是雨后初晴的早晨
我靠在
一个乒乓球桌上
阳光洒下来
空气透明
这让我感到愉悦
这么说吧
如果我是个女人
这时候
你走过来
想泡我
我感觉
你很容易得逞

写诗的好处 | 张小白

写出一首好诗的时刻
我变得
对世界怀着宽容
和善意
更明显的是
我变得耐心
我愿意陪女儿堆积木
我愿意刷碗
我能把燃气灶擦的
特别亮

三月，读贾薇新诗集《侧身的贾薇》| 张羞

贾薇，女，1966年生于云南盐津，诗人
薇是一种我未曾见过的植物
侧身的贾薇，诗里的女人
躺在黑暗的房间抽烟
透过微火，想起那深蓝
无风吹过的海底
一个不再年轻的女人
却有少年般的忧伤

2003年的杭州，冬天
我正好在朋友的住处见过
现在是春天，三月
读好诗的季节
尤其一个女人的诗
那些快要飞起的句子
她是这样写的：手指
是一根熟练的手指
腰，是一段裸露的腰
更别说乳房，那完全是
一对骄傲的乳房
当然还有爱情
那是我们不知道的爱情

雕刻家 | 赵立宏

有个佛像雕刻家
选了一块上好的石料
背回了家
他先不动锤子和錾子
他每天看着这块石头
跟这块石头
说话唠嗑

直到有一天
佛在石头里说了话
放我出来

评奖 | 赵立宏

中国作家协会会员
诗刊社青春诗会会员
本地最优秀的抒情诗人王太文
在参加山西某届
赵树理文学奖评奖时
评委会负责人
在评委们终评投票前
宣读了一封匿名举报信
其中有一条是
诗人王太文不爱国
这背后致命的一刀捅的
自然是没得上奖
王太文为此
多次和我举一事例
说他是爱国的
1998年5月8日下午
当他得知中国驻南斯拉夫大使馆

遭到美军轰炸的消息后

当场就蹲在大街上

失声痛哭起来

冬青树 | 赵思运

他患老年痴呆好多年了

今年八十九岁

家门口一丛冬青树

长势旺盛

他每天都到冬青树那里

去撒尿

他特别喜欢冬天

因为撒尿的时候会有一团温暖的烟雾

弥漫在冬青树上

他尿得很专注

也很持久

等到那团烟雾慢慢消失

阳光围拢过来继续在冬青树上

碧绿地跳跃

小学二年级时的一次发言 | 赵思运

在控诉四人帮的全校大会上
我被安排做典型发言
开会前十分钟
语文老师把我叫到办公室
交给我一份发言稿
让我熟悉一下
然后就出去了
就剩我一个人在那里
一直到我上主席台他都没回来

老师的字迹很潦草
发言时
我遇到不认识的字
就停下来
语文老师就赶紧跑过来告诉我
我再继续往下读
又遇到不认识的字
老师再上来

听众都没有感到奇怪
只是不停地喊口号

细节 | 赵思运

直到父亲临终前那几天
我才发现
他睡觉时习惯于
两脚交叉
紧紧地扣在一起

父亲一生的胆小和谨小慎微
都深深藏在这个细节里

也正是在那时
我才忽然意识到
这个习惯我也保持了四五十年

痛苦的观众 | 周芳如

肿瘤内科住的都是
已经不能手术
或是在化疗的人
在等死
骨瘦如柴，双目无神，无力挣扎
绝望地呻吟

如果我亲爱的妈妈不是躺在其中一张病床上
眼前这一切多么像电影情节

刘老七 | 周洪勇

打人下手凶狠
敢吃活蛇的刘老七
劳改回来了
一天来到场上的茶馆
人还在门外
茶客们
纷纷上前递烟
接二连三地喊开了:
“老板，给大哥发碗茶来”
“老板，给大哥发碗茶来”
“老板，给大哥发碗茶来”
裆下挨他踢过两脚
女人遭他嫖过的王六
抢在最前面
去付了茶钱

断指 | 周鸣

妻子左手的中指
是断了一截的
这并不影响她
平时在外干活
或做家务什么的
只是当我们夫妻俩
偶尔十指相扣时
确实缺了一点点
事实的爱意

零食 | 周鸣

我贫苦的童年
是在大山里度过的
每年清明节
我都会在祖墓前
采摘映山红
那是祖先在春天
隔着黄土
送给我的
最甜美的零食

发光的树与会飞的小孩 | 周瑟瑟

天色渐渐暗下来
山下几间茅屋还是明亮的
土墙上的砖一块块清晰可见
长条形木门关闭
窗户里黑乎乎的
屋子四周的山黑乎乎的
一棵发光的树孤零零站立
树梢的叶子闪烁银光
村子外面的道路不知通向何方
一群孩子在暮色中玩耍
其中一个男孩双脚离地
他从一口废弃的井里飞上了天
天很快就要黑了
我在村子周围观察
但找不到一个大人
村子异常安静
树木、茅屋与道路干干净净
我爱上了这里
我想留下来做这里的大人

玉米 | 周瑟瑟

墨西哥奇瓦瓦郊外的玉米
哗啦啦摆动
我靠近金黄的叶子
闻到了泥土和阳光
混搭的北美味道
一个农场主站在风中
向我招手
这里是美国人的后花园
他们没事就来这里走走
吃肥肉一样的大玉米
白色的玉米粒咬在嘴里
发出清脆的嘎嘣声
玉米的骨头
墨西哥的肥肉

虚张声势 | 左右

经常有人
把头靠近我耳畔
手掩着嘴
大声

告诉我

一些很小的事情

车过河南 | 左右

深夜

去天津的火车上

一波波斑驳陆离的影子

在窗外晃动

像人的魂魄

迎窗扑向我

我镇了镇寒胆

朝窗外吼了一声

火车就慢悠悠地

停靠下来

此时，火车停留一座小镇

名叫无头崖

Xiron Poetry Club
磨铁读诗会

2018年度
中国青年
诗人年选

剔牙 | 常遇春

奶奶一定
在她葬礼的那天
回来过
回到我家
给乡邻们
摆酒席的地方
一遍遍地问
味道还好吧
吃得还好吧
乡邻们听不见
只是一个劲儿地
剔牙

夜遇两个棒棒 | 陈放平

在路边数钱
叹了一口气的那个
显然活得不如
胸前印有
给力
的那个

年味 | 陈放平

第一个给我
传递年味的
是朱洵老师:
放平
我家李老师
想再麻烦你妈妈
为我家熏腊肉

关系 | 甘三山

一些人
和
一些人
的友谊
来得
莫名其妙
L是叛逆少女
和
母亲
蹲在大街上
一起抽完

烟之后

突然

就成为了

好朋友

不开心的闺蜜 | 江睿

闺蜜哭得好伤心

我陪在她身边

也不知道怎么安慰她

只能默默地陪着她流泪

知道闺蜜是因为爸妈对她的疏忽

还因为她的妹妹可以有好多玩具

好多好吃的

她爸妈都不许她碰

不许她吃

还动不动就骂她

我也替她委屈

可我们都还这么小

能有什么办法呢!

爱 | 江睿

跟妈妈去买烧烤

忽然下起瓢泼大雨

一阵风吹过好冷

我们冲回去吧

妈妈说不行

淋了雨会生病的

我无语地坐在烧烤摊旁

望着雨帘中外公缓缓地走来

给我和妈妈送来雨伞

我想外公是爱她的女儿的

而妈妈也是爱她的女儿的

悲伤 | 江睿

和妈妈散步

讨论悲伤

我说哥哥的悲伤

是他去年的一场大病

我的悲伤

是大人们都不懂我的想法

妈妈说她的悲伤

是她眼中的外公外婆

渐渐地老去

那么

不久的将来

妈妈的悲伤

也会成为我的悲伤

骂 | 江睿

妈妈骂我有两种

生病时边哭边骂

平常就恶狠狠地骂

我比较怕她边哭边骂

有点心疼她

第二种骂吧

我只会伤心一小会儿

村宴 | 姜馨贺

一开始

我们淡定地

吃着

后来

越吃越快

越吃越慌

因为菜一上来

老太太们

就动手打包

书包 | 蒋彩云

孩子们不喜欢穿校服

他就留着穿去工地干活

工友笑他自己也是大学生

等到子女都长大成人

去了大城市生活

他一个人住在老家

时常拿着一个儿童书包

装着渔具

去钓鱼

老兵 | 蒋彩云

外公的战友
一生无儿女
抗美援朝时
一只手留在了朝鲜
外公去世的时候
他穿着一身黑衣
空荡荡的袖子
穿过人群
握住外公的手

照相 | 蒋彩云

爷爷比奶奶大一岁
过了七十岁生日
他拉着奶奶一起去拍遗照
他们俩为自己选好了寿衣
棺木也是自己挑的
请了木匠刷了漆
如今他们都八十多了
爷爷依旧每天打牌看新闻
奶奶每天做饭烧茶

柜子里的遗照
有黑白的也有彩色的
有夏天的也有冬天的

夕阳 | 蒋彩云

奶奶头发全白了
早上梳头
将脱落的头发
一根根整理好
就像存零花钱一样
每天把头顶的阳光
一点点
存入一个小盒子里

哑巴 | 蒋彩云

十几年前
整个镇上的人
都在山上采锰矿
有山的人

当了锰矿老板

没山的人

成了矿工

大货车在乡道上

来来去去

一个漂亮的外地女人

在矿山里结了婚

生下的孩子

取名叫锰山

锰山一天天长大

没过几年

山挖空了

政府拉着横幅

来封山育林

锰山一天天长大

直到他漂亮的妈妈离开

他还不会说话

总有某个瞬间 | 蒋霖越

收拾屋子时

找出很多芭比娃娃

她们吵着要拖行李箱去旅行

又抬出一张照片说
我们的导游不见了
帮我们找找吧
我凝视着那张照片
说
她不是不见了
只是长大了

去一个葬礼 | 蓝毒

礼金100
我爸交代
票子三沓
特意多买
进入村庄
听唢呐声
找到家门
“千古流芳”
“音容宛在”
映入眼帘
磕过头
落了坐
饭至半饱
酒至微醺

人们起身
就要四散
突然觉得
有些不对
哪里不对
直到此时
我尚不知
死的是谁

青奴 | 李海泉

十年前
我在南方舅舅家
见过一种竹条编织而成
夏天搂怀里消暑鱼篓状的东西
古代有一个风雅的名字
叫青奴
十几年后
舅舅仍单身汉
出门一把锁
进门一盏灯
每天很早出门打鱼
打的黑鱼很多
屋里没有娶媳妇

他就把鱼
拿给青奴看

尾巴 | 李倩雯

如果我有尾巴
我就可以使劲地摇
表达对你的喜爱之情
是多么简单的事情

梦见世界末日 | 廖兵坤

今天下午和晚上
梦到两次相似的梦境
梦中发生洪水
一次比一次大
彩鱼飞上天
树林披上白霜
褐色山丘接连倾覆
房屋倾斜
只剩下我家

在洪流中

坚固如初

这和2012年梦到的

一模一样

唯一不同的是

上一次末日到来

我独自应对

这次多了一个老婆

多了一个儿子

我抱着他们

面对洪流肆掠

信心大增

人到退休 | 廖兵坤

刚退休的李老师

和即将退休的周老师

在操场散步

互相推荐保健品

李老师说

我有一个朋友

从外国拿回来的药

可以防治百病

随即从兜里

掏出来

递到周老师嘴边

吃嘛吃嘛

没事就吃点

太阳越过楼顶

她们手挽手

回到了少女时代

跟几个演员吃饭 | 刘斌

进了包间

他们摘下连帽衫的帽子

摘下口罩

放下鸭舌帽

吃了一会

有人想上厕所

就跟那个有鸭舌帽的

借帽子

然后其他演员

轮流借帽子

都去

上了一回厕所

无题 | 绿鱼

没亲眼看到过天狼
但见过他的照片
这不妨碍我对他的印象
他好像跟我父亲一般大
（诗人侯马也是）
每当我这样想的时候
我总也避免不了
要为此伤感一番：他们多年轻
啊（因为诗歌），而跟他们
同龄的我的父亲呢？
则显得太不合时宜了……

mooncake | 绿鱼

moon-cake，月饼
moon，月亮的意思
cake，蛋糕，饼
mooncake，m-o-o-n-c-a-k-e
月饼……
这是我转学县城
学的第一个英文词

不是老师教的

是一个学生

和我一般大

我曾经的小学同学——小雨

那天他躺在长板床上

我也躺在长板床上

秋天的陌生宿舍充满着

新鲜的草席味

解剖 | 茗芝

课本上有一首诗

“我想把手安在桃树枝上

把脚接在柳根上

把眼睛装在风筝上”

可怕的解剖

相亲的狗 | 茗芝

相亲节目上

主持人说

请男嘉宾登场
然后一只狗
出现在舞台
我心头一惊
然后看见
狗牵着的男人

中秋 | 沈子渝

一颗玻璃弹珠
被两栋
高楼
紧紧夹住
动弹
不得

探死 | 王允

我爷爷去逛会
突发脑溢血
顺着电杆溜到地上

医院没法治
只好抬回家等着

几个邻居来看他
胜利媳妇探着身子
大声问
大哥
门口韭菜我割点
舍得不
我爷爷说
你割去

她又问
大哥
你这病娃们说没钱看
我爷爷说
有合作医疗

她又问
大哥
还逛会不
我爷爷说
逛不成了

她转过身
笑着跟继耀媳妇

说我大哥都这会了
还能跟人说话

长安雪 | 王允

长安的雪
落在西安
不冷
不湿
不落地
没有积在终南山上
没有积在小雁塔尖
没有积在曲江池里
曲江池的水太绿
池边没有哭泣的老头
街边没有醉倒的二杆子
酒吧里没有火炉
酒吧里有暖气
酒吧在城墙根
城墙上的人穿羽绒服
穿铠甲的人没了
箭楼还在
雪没落在箭楼上

雪落在一所中学里
绕着红旗翻飞
像烤火的白蚁
栏杆上爬满了学生
穿着松垮垮的校服
长得不像兵马俑
比兵马俑好看
也比兵马俑欢腾

一个人看电影 | 魏晓鸥

两对情侣
分居我两侧
靠在我座位的
皆为女方
我往中间坐下
没人分辨得出
谁和谁才是
真正的情侣

我也没办法 | 巫英蛟

参加舅舅的葬礼

我以为我会哭

但哭不出来

很多亲戚都哭了

我还是没哭

直到看见母亲哭了

我的泪

止不住地往外滚

舅舅啊

别怪我不孝

我就是见不得你妹妹哭

高温四十度蚂蚁在工作 | 吴雨伦

皮肤晒得黝黑的蚂蚁们

在滚烫如铁板的混凝土上工作

搬运泥沙

和同伴的尸体

这一次

没有皮鞭

但仍然有一种神秘力量
促使它们在巢穴上
在炽热如埃及的阳光下
建立起庞大的金字塔

大风卷起热浪
劳动者如尘埃般被吹走

骗子 | 易小倩

接到一个镇江的电话
以为是骗子
正准备掐断
发现是许久未联系的表弟
他向我推销一套课程
只要三百八十八
我不好意思拒绝
就把自己得了
乳腺结节的事
添油加醋
说得很严重
他听了以后
第一反应
是过年回家

帮我刮痧治病
随后绝口不提
要我买课程的事

父亲 | 易小倩

父亲送我去上大学
为了省钱
两人住一间大床房
那晚我来了月经
弄脏了床单
我躲在卫生间洗
父亲嫌我洗不干净
可能要赔钱
他一边用力搓
一边怪我不小心
看到我眼眶红了
脾气火爆的他
叹了口气
柔声安慰我说
没事　赔钱就赔钱吧
反正回去的票
已经买了

抽烟 | 游若昕

爷爷

很爱抽烟

住院期间

医生让他

别抽了

爷爷就

背着我们抽

死后

把他火化了

火化炉上

冒出

一层层烟

是上帝

在抽烟

监控 | 游若昕

我们班

装了监控

一开始

很多人

都很不自在

现在

我们一进班级

就会对着

监控敬礼

嘴里说

胡老师好

或

郑老师好

葬礼 | 游若昕

中午

在放学路上

我遇见了

一只死老鼠

于是

我和同学

就弄些杂草

盖在老鼠上面

给它举行了

一个小小的

葬礼

下午
我和同学
再次来到
死老鼠的地方
发现
老鼠上面的
杂草已不见
只能看到
密密麻麻的
蚂蚁
在老鼠上
爬着

诗歌教育 | 游若昕

六年级
老师让我们写一首
和长江有关的诗
上交后
老师对我说
你这首写得不行
你要写和课文《长江之歌》
一样的诗

在古代
老师让学生
写一首诗
如果
有人写像郭沫若那样的诗
老师一定会说
你不能这么写
你要写
五言七言那样的
才可以

猫眼 | 玉珍

白猫踏上了雪原
突然就消失不见
只有那琥珀色的双眼
在雪中美妙地移动

突然它上了树
在一堆干枯的树枝上
我看到了它

多美多凌厉的眼睛
几乎要跃出肥胖的身体

杀年猪 | 玉珍

等待过年像等待
饥饿时揭开锅的样子，总有些鸡鸭
要专门为年节留着
有些猪要在小年时宰掉
孩子们最爱那时辰
他们不懂生死，也没法怜悯猪狗
当猪的号叫消失在古老的村庄
鞭炮和烟火便伴着香气升起
孩子们跑来跑去
为一种宣告节日到来的气味而兴奋
杀猪肉大口送进嘴里
被酣畅地咀嚼为声音
在这声音里人挨着他的生存
为那种幸福的饱腹
轻松原谅了整整一年的遭罪

人生之战 | 张文康

父亲、二叔、三叔
二叔家的哥哥、我、三叔家的弟弟
这六个人是我们家

上坟的常备军
征战的对象不过是
每年清明节、中元节、春节之时
爷爷的坟头
大爷爷、三爷爷、六爷爷的坟头
老爷爷老奶奶的坟头
去年
父亲叛变了
从一员大将变成一座新坟
我奉命亲征时
竟然油然而生一种自豪感
眼前的敌人里有那么一支
只属于我

青春的眼睛 | 张文康

政治老师来巡视
说一个女生说话
她说自己没说话
他就动手打她
粗糙的手掌
狠狠打在她脸上
把她踢翻在地

四十多个同学

没人发出声音

他的酒气和嘶吼

充斥着整个教室

我无法忘记这一幕

我们眼睁睁看着

魔鬼一样的老师

(如果他还能称为老师)

对我们弱小的女同学

大打出手

我们

全部

眼睁睁看着

每当想起此事

我怎么好意思说

那是我们青春的眼睛

羞辱的回音 | 张文康

我见过最真挚

热烈的掌声

来自高中地理课

老师说

“中国被污染的空气

顺着季风

都吹到了日本上空”

话音一落

我们

制造出

发自肺腑

经久不息

的掌声

这声音在我耳边

一直响到今天

第一首诗送我的父亲 | 张洋洋

他身高一米七

标准瓜子脸

生活磨黑了他的皮肤

喜欢抽烟　喝酒　打牌

他的爱好

被一个女人严格控制

他学会了

做一手好菜

他的人生格言是

耐心

认真

他是一辆爆胎的坦克

走路左右摇晃

他开得最精准的一炮

就是我

秘密 | 庄凌

家里只有两间简陋的卧房，我和弟弟住一起

每晚我都要哄年幼的弟弟入睡

蟋蟀唱儿歌，壁虎猜谜语

等弟弟睡着，我会看书或者补袜子

有时弟弟淘气不睡觉

我就穿上母亲的衣服瞪大眼睛吓唬他

“再不睡觉，妈妈要打屁股了”

弟弟怔了一下，就乐得大笑

弟弟一天天长大，这让我尴尬，难以启齿

我的身体已经发育，即使在炎热的夏天

我也要穿上严密的衣服

把两个小乳房藏好，把青春藏好

在弟弟的童话里，我没有翅膀

像个小偷一样换卫生巾

夜里我把自己洗得如白萝卜一样
在脸上擦点低档的雪花膏
幻想身边躺着一个英俊的男子
我们在远方安家，住着宽敞明亮的房子
醒来时发现自己竟抱着弟弟
不禁脸红心跳，只有月亮知道这个秘密

立场 | 宗尕降初

我把家乡一位格西（宗教学位）
开示的视频
发给了爱喝酒的父亲
内容是
教导众生远离饮酒
珍爱生命

同样，今早父亲也回了一段
那位格西开示的视频给我
但内容是
教导子女要孝敬父母

当时，我就在想

可能父亲如同我对他喝酒有看法一样

对我也不同程度地存在着一些看法吧

尽管我觉得

自己做得已经够好

尽管他觉得

没事儿喝两口挺好

2018年度中国先锋诗歌资料小集

文本细读

南人评姜二嫚《河》

河

晚上
我拿手电筒
往河里照
半年前淹死的那个小孩
在水里写作业
他看见有光
就抬起头
冲我笑

南人细读：

第一次读到姜二嫚这首《河》，知道她才十岁，让我由内到外吓了一跳。这让我想起十几年前读到过的诗人韩敬源的《儿时同伴》：

儿时同伴

我儿时的一个同伴
死在我们经常游泳的那条河中
刚放暑假那时
他还去过我家
开学就不见踪影

留下一个空空的名字
在大家心中空空地挂着
有不明事理的老师点到他的名字时
教室里异常安静
每次经过那条透明的河
老有蓝色的阳光在水面上闪动
我儿时的伙伴
他就坐在水中
低头修表

初读这首诗，瞬间被诗中“坐在水中/低头修表”深深打动，诗人将身处另一世界的“同伴”安排在某个时间刻度上：表修好了，时间继续走，同伴似乎可以起死回生；表修不好，永远定格在某个瞬间，沉溺于时间与现实之河，成为回忆。正是这两句具有巨大弹性和想象空间的诗句包裹住了诗人内心深处的情感，形成了读者巨大的共鸣空间，“说”又未“说出”，“说”又未“说破”，成就了这首杰作。

十几年之后读到小诗人姜二嫚的这首《河》，仿佛记忆中的《儿时玩伴》拍出了续集：对《儿时玩伴》的情节进行了补叙——因何而死？——在水中做作业。这让我想到许许多多的孩子，在功利性教育而非因材施教式教育的逼迫下，兴趣未被激发，被动接受填鸭式教育，过早被押上人生起跑线，每天做着极不情愿的事情，童年的快乐荡然无存，有的甚至过早地走上了绝路。

同时，《河》在情节上又有了新的发展：“我拿手电筒/往河里照”，“他看见有光/就抬起头/冲我笑”。这种生者与死者的交流太让我吃惊了，普通女生脑子里有一下这个闪念都会把自己吓一跳，何况还要写出来。也许，只有孩子才能真正懂得孩子，小男生在枯燥乏味的作业中偶尔触碰上漂亮女生的注视，以及女性（当然包括小女生）与生俱来对弱小者油然而生的母性之爱，通过一照一笑，把这种不可言喻的情感，十分自然地完成了，完成得那么自然、生动、深情而感人。

我不知道姜二嫚有没有读过韩敬源的《儿时玩伴》，也不知道有没有受到这首诗的影响，但这两首诗共同构成的对身处另一个世界生命的关爱，深深地打动了我。《儿时玩伴》与《河》独立成篇而又共同构成一种整体，这不也是诗坛的一段佳话吗？

虽然姜二嫚年龄还小，但不得不承认，她的诗中显露出她胸中有大格局，假以时日，会成为一个非常了不起的诗人。

南人评任洪渊《很少有哪一个少女的身姿不被乐善桥的曲线无情解构》

很少有哪一个少女的身姿
不被乐善桥的曲线无情解构

6岁走过，10岁走过
他在桥上停步，回步，重温什么
那是偎在桥栏臂弯的感觉？
那是依在桥栏怀抱的感觉？
一条温暖在石头上的线

偎依，母腹内的记忆
婴儿期的第一个姿势
他偎依着、呼吸着、吮吸着的曲线
动脉一样流动在自己身上
没有臂弯里的童年，怀抱里的童年
在石头的桥栏，他寻找回自己
第一个姿势，生命展开的第一条线

他在成长，桥线在延长
同一条偎依拥抱的线在成长与延长
正像偎依与拥抱是一个姿势的两面
从偎依到拥抱不过是一次转身
也就是面向与背向的不断转向

在转身、半转身、转身与半转身之间
从第一个主动姿势，偎依
到第二个主动姿势，拥抱
似乎看不出多少形体的差异，动作的难度
——祝福偎依中拥抱中的人
偎依吧，拥抱吧，偎依拥抱与拥抱偎依吧

浮动在白沫江上的桥线，水线
他的第一个美学符号
江水流多远，桥线就有多长
不论从近旁从远方，在他的视域
如果站在桥上，很少有哪一个少女的
身姿，不被乐善桥曲线无情地解构
无论多少S都同样危险
美丽的，敢不敢接受白沫江邀请
走过他的桥上，或者桥畔？

也许白沫江桥在等你，你走来
桥线，水线，又一次因你改变
邛崃山中的落照反照在江间

南人细读：

任洪渊先生是伊沙、徐江、侯马、朵渔、沈浩波和我等北师大诗人共同的老师。任老师的诗，有自己的美学符号，想要理解他的诗，这些美学符号是开启的钥匙。

《很少有哪一个少女的身姿不被乐善桥的曲线无情解构》这首诗的美学符号，就是曲线。有一次聊天时我问任老师："如果极简，人类是否用两种符号就可以标明，男性为直线，女性为曲线？"任老师点头。知道了这条曲线，再品读这首诗，你只需关注这条曲线在诗中的变化和延伸，即可发现生命的顿挫与飞升。

童年时，"他"即遭遇与母亲的分离（6岁），对母亲的记忆只剩下几条曲线：母腹中的记忆，是子宫那条曲线——生命中的第一条曲线；婴儿期的哺育，是乳房那条曲线；个体成长中，动脉成为母体曲线的连接和延伸；离开母亲后，数不尽的思念和回忆，是年轻漂亮的母亲伫立乐善桥头的身影被时光刻进桥栏的那条曲线——"他"生命中的第一条曲线此刻被永久定格。

儿童与少年总会被时间拉扯着长大，长成男人的"他"第一次发现了曲线里隐藏的秘密：男人一生中最重要的一件事，不就是从第一条曲线（母爱）的偎依中长大、出发，去找到又一条曲线（爱人），然后紧紧拥抱、长相厮守吗？诗人在这里像魔术师一般，通过偎依与拥抱两个动作，瞬间完成了从依恋母亲到追求爱情的切换，一次背向、面向的转换，偎依母亲的男孩突然长成了拥抱爱人的男人。这次转换，男人像接力棒一样，在一条曲线和另一条曲线之间迅速完成了传递与交接。

在两条曲线的交接中，接力棒一样的男人由弱到强、由细到粗、由软到硬，终于长成一个真正的男人。如果此刻你恰好在人生赛场的看台上看到这完美的交接，那就鼓掌吧，欢呼吧！如果身边恰好有属于自己的曲线，那就偎依吧，拥抱吧，祝福吧！

母亲的曲线，刻入桥栏的曲线，随白沫江上的桥线、白沫江的水线不断在延长，江水流多远，桥线就有多长。而在时间的长河里，有多少美，能美过这历史中频繁走来的记忆深处的美，能美过这河水中不断翻新的不同样貌的美，再美的曲线、“S型曲线”，最多不就是白沫江水线中的一段，乐善桥桥线中的一条?

读到这里，时间似乎把一切都解构成了齑粉，刀刻的生命会如此落寞收场？一生中攒下的曲线会像一闪即逝的烟花般凋零?

回到标题，“很少有哪一个少女的身姿不被乐善桥的曲线无情解构”，哈哈，是“很少”，不是“绝对没有”，任老师诗中的“他”真可谓人老心不老，如今80多岁高龄的“他”，是不是还在盼着一位少女、一条“S型曲线”再次伫立桥头，将10岁和70、80岁的“他”同时照亮，或是让记忆中暗淡失色的曲线重新勾勒，焕发完美，让桥线、水线又一次因“她”灿烂地盛开一次，连邛崃山的落照（诗人自比）都把持不住了，成了老不正经，一气冲到这江畔、桥畔，展开又一次的吸吮和拥抱?

这哪里是一轮落日呀，这分明是又一轮随时准备冲向又一条新曲线的朝阳!

这个“她”，被任老师和乐善桥共同等到了吗?

评完这首诗，我想附一首他写给人生中遇见的又一条曲线——“她”的诗:《她，永远的十八岁》(备注：钥匙是“圆”)。

她，永远的十八岁

她
十八年的周期
最美丽的圆
太阳下太阳外的轨迹都暗淡
如果这个圆再大一点　爱情都老了
再小　男子汉又还没有长大

准备为她打一场古典战争的
男子汉　还没有长大

长大
力　血　性和诗
当这个圆满了的时候
二百一十六轮　满月
同时升起
地平线弯曲　火山　海的潮汐
神秘的引力场　十八年
历史都会有一场青春的冲动
红楼梦里的梦
还要迷乱一次
桃花扇上的桃花
还要缤纷一次

圆的十八年　旋转
圆了泪滴　眸子　笑靥
圆到月月自圆
月月同圆
月圆着她　她圆着月
一重圆弥散一重圆　变形一重圆
圆内圆外的圆
阳光老去　陈旧的天空塌陷

旋转　在圆与圆之间
年岁上升到雪线上的　智慧
因太高太冷　而冻结
因不能融化为河流的热情　而痛苦

等着雪崩
美丽的圆又满了
二百一十六轮　满月
同时升起

读到此处，我不禁跟着吟诵起来："红楼梦里的梦 / 还要迷乱一次 / 桃花扇上的桃花 / 还要缤纷一次。"十八年间攒下的二百一十六轮满月同时升起！任老师啊，这女人和爱情到了你这里，被你搞得这么浪漫，这么姿态万千、惊天动地，你让我们这些后生们怎么再下笔呀？

奈何！又奈何不得！

任洪渊，一位一次次被曲线偏爱和拯救的诗人。

南人评侯马《清明悼念一桩杀人案的受害者》

清明悼念一桩杀人案的受害者

男人从乡下赶来
要把在城里打工的妻子
劝回家
妻子已另有相好
两人吵翻了
大打出手
男的用菜刀
使劲剁
女的终于服软了
跪着说：
“我跟你回去”
男人，望了一眼
快砍断的脖子说：
“来……不及了”

南人细读：

社会越处在巨大变革之中，警察和法官就越能写出好诗，因为他们一直身处社会矛盾爆发的最前线。

侯马这首《清明悼念一桩杀人案的受害者》读得人触目惊心，我在想，需要有多少诱惑、沉迷、决绝与仇恨才能导致“吵翻了”“大打出手”“用菜刀使劲剁”，直剁到脖子都快断了！

由家庭反观社会，不同利益阶层群体之间，这种“吵翻了”“大打出手”“使劲剁”，又表现为什么？是比这种行为更惨烈、更赤裸、更残忍，还是表现得冠冕堂皇、吃人不吐骨头？是不是都要等到脖子快断了我们才真正意识到“来不及了？”

经常接触这样的社会矛盾，频繁目击惨烈的现场，心灵很容易扭曲、变态和失衡，而诗人身份的侯马会跳出来拯救警察身份的侯马。

侯马在一首《春节》写到：“回村里/推开院门/我看到一场/小心翼翼/下满了/晾衣绳的/雪”，这首叫《春节》而不叫《雪》的诗，与《清明悼念一桩杀人案的受害者》合起来读，你会体会到一个频繁侦察现场的警察在表达一种“春节了，还不休息一下”的心理，但其职业病依然在“上班”——推开院门，“我看到一场/小心翼翼/下满了/晾衣绳的/雪”，这个细节写得太妙了，既有“犯罪分子”不留痕迹的那种小心翼翼，又有“刑侦队长”勘查现场时洞察秋毫的那种细致入微。这样的诗，只有侯马这样“处处都是现场”的警察、“处处都有诗意”的诗人才有这样的双重职业敏感，尽管这里不是一个犯罪现场而只是一个普通院落。

两首诗比较起来，《雪》是控制的，绵密、冷静，细致精巧；《清明悼念一桩杀人案的受害者》是放纵的，冷血、悲凉，不管不顾。这既是诗的不同表达，更是侯马双重性格的彻底暴露。

南人评里所《喀什》

喀什

牌楼下几个卖旧货的
维吾尔族老人
揣着手蹲坐成一排
黑帽白髯
像几只歇脚的大鸟
尚在隆冬
老城的天空通透如冰块
散射着白色的寒光
不远处的铜匠铺叮当作响
那些挥手嬉戏的小孩
从风中飞落到屋顶的鸽子
猛地回过头来咩叫的
短尾绵羊
都按着某种神秘的旨意
铺排在巴扎之上
喀什的天空是一个巨型放大镜
这座被太阳和月亮
共同搅拌的城市
一直在漂浮着上升
如那些老者呼出的热气
如必定受难的灵魂

南人细读：

中学时期学过《核舟记》，羡慕那位雕刻者，怅然现实中遇不见这样的高手，读了里所的诗，发现她就是一位在血管和神经上雕刻诗意的诗人。知道里所爱猫，我且称她为“用一双猫眼雕刻时间的诗人”。

猫特立独行，猫眼电光火石，这是里所特有的神秘气质。在时间和光影中，里所既能看到明晃晃的亮光，又能看到细腻、质感、隐秘的亚光。

《喀什》的好，在于既开阔大气，又纤毫毕现，既有事物的三维座标，又捉住了稍纵即逝的时光之猫跑动的身影，读之如品鉴一幅梵高的油画，人和事物独立可感，时间在挂钟和河流中流淌。一首诗写活了一座城。

诗中的维吾尔老人、天空、铜匠铺、小孩、鸽子、短尾绵羊，经过细致入微的意象刻画，变得如油画中的人物一般栩栩如生，画中的油彩都是流动的、新鲜的、带着体温的，摸一个都能沾上你的指尖。

更让我惊叹的是，里所以猫的敏锐与抓捕能力，用猫眼和猫爪牢牢摁住时间意象并刻进油画：“喀什的天空是一个巨型放大镜/这座被太阳和月亮/共同搅拌的城市/一直在漂浮着上升/如那些老者呼出的热气/如必定受难的灵魂”。她不仅驯服了这些意象，还用时间的赶羊鞭把它们乖乖地赶进了一口名叫喀什的锅里，做一锅汤：将太阳、月亮、城市的一切全都放进锅里蒸煮，那些老者呼出的热气和必定受难的灵魂，在你的品尝中，是苦，是甜，是酸，是辣？也许只有你跳进这口锅里一起煮一煮，才能品尝出永恒的味道。

能把时间意象驯服得如此听话懂事，里所这只猫的确有过人之处。

常遇春评盛兴《二十年生活倒退水波不兴》

二十年生活倒退水波不兴

二十年前一起吃喝玩乐的发小宁小峰

先是当总经理的爹去世

被安排到一个分厂当厂长

两年后被撵到一个仓库干保管

再后来又去当了过磅员

前些年二胎一下生了俩

拥有了三个孩子

他先后戒掉了烟、酒等坏毛病

现在开上了大货车

每个月都跑一次内蒙

二十年生活行云流水

唏哩哗啦

我问　这二十年就没有一点是好的吗

他回答　有，大便变好了

按时按点

又粗又长

常遇春细读：

涉及到当代人民生活现实的诗作屡见不鲜，这一方面，口语诗做到的基本都是通过对各种具体场景下的事实的叙述来抵达心灵深处，实现对精神状态的打捞。因为这些细枝末节不可能面面俱到，而当代诗人却以越来越多的手法丰富着自己的写作，由此便有了写作者对诗歌文本的各种输出。这类诗作口味多重，就创作而言，大部分诗人侧重于依赖各自的生活经验或者受职业的影响，最终有持久力的作者走出了个人化的写作道路。观察可发现，个人经验的不断碰撞、对比、磨合实际上在不知不觉中就已慢慢贡献出一条整体的写作倾向，我相信多年后在文学史更迭时，当前诗歌发展状况会自然而然地展露出自己该有的那支脉络清晰的浩浩荡荡的现代化大军。

本诗正是对当代人情感的透析，也许在经历过当代化进程的大波大浪后，诗中的内容难以让你感到眼前一惊了。是的，这就是基于那支湍急的河流对诗歌观念淘洗的缘故。但值得肯定的是，本诗中的写作思路对当前（或者已经过去）的诗歌创作态势具有代表性，对比则反映出新诗发展百年后的嬗变。

诗中人物宁小峰原来的颇为小资的生活突然变得一团糟，不长的时间里便经历了人生的大起大伏。物质条件的退步呈现给读者的是内心的变动：在无法享受贵富生活时该如何面对这种下滑呢？换言之，当代人执着于物质条件的拔高，而反方向的传递这种下滑情绪，他们是否能水波不兴地做出相应的答复？这正是本诗的焦虑所在，宁小峰成了样板，他要面对许多人意识深处难以面对的问题——不但没有了好的生活背景，脚下孩子还攒了一堆，转型期的他由惬意的公子过渡成了实实在在的“底层小老百姓”，坏习惯也被根除。两种状态的交接中，宁小峰做到了全身而退，在行云流水的卡车司机生涯里呈现着生命的光辉。在

“我”问题的逼问下，他的回答成了这首诗的高潮。二十年人生沉浮在如梭的光阴下表现为身体的回应，可见内心的焦躁与折磨得到平息，心里的种种不幸之感已如潮水退去，整首诗作迫切地关注到生活乃至生命本身。大便之于诗歌不再累赘，作者相中这一角度来突出它的孔武有力，也说明了当代诗歌对及物性的探索。况且由形而上到形而下本就是一种常态化的推动，诗中谈及大便时并不矫揉造作，而是将形而下进行得更加反动，再次证明了当代诗歌的发狠之处。

常遇春评侯马《天坛》

天坛

在天坛的回音壁
他把对老天爷想讲的话
把对亲人想讲的话
把对自己想讲的话
都讲给这面墙

其实给这面墙
他什么也没有讲
他喊的是：
——听见了吗
——听见了吗

常遇春细读：

后口语时代，诗歌写作的特点相比八十年代显得更彻底、更实体化。要知道先锋诗人总是成茬往外长，八十年代和九十年代便迥然不同，这体现在对语言的把握上。诸如李亚伟在1983年写出的《中文系》，同样是口语，特定时代的影响力使它一度“语惊四座”，但现在再看，不同样成了“过期食品”了吗？这一历史性的作品将口语建立在传统的修辞语言上，致力于打破朦胧诗时期建构起来的以意象的繁杂等为主要诗写方式的表达上，亦部分实现了对所谓精英的官方诗人与批评家的话语权的向下转移。新生代诗人容易受到八十年代口语写作者的影响，后来的口语诗也越来越成熟了。可见，前口语诗歌的确是有启蒙意义的。但纵然其有一百个优点，文学作品从来都是后来者居上。前口语的开山之处在于破除传统意义上的诗的修辞和表达方式，语言和诗风发生转变了，可还依然停留在技术层面，即依然是从语言自身出发的诗化表达，对时代意识和生命力缺乏实实在在的灌铸。后口语从九十年代发展到现在，我们有目共睹。众多从事写作的人最终大都选择口语这一条(虽然有些并不是真的)，足以证明其影响之广，也从侧面说明了当代诗歌话语权的不断转移。尤其是诗人伊沙所提出的“事实的诗意”，对后口语诗论的阐释具有指导意义：我们的诗要从具体、实际的生活场景中捕捉最细微的诗意，从概念性的纯语言的诗写技术上转变到呈现当代人的真情实感的生活中，富有生命质感，成为时代的感应。当然，从诗的身体性写作或者是否“在场”来说也完全没有问题。要论事实的诗意，全写真实所见完全不可能，在技术处理同样也难以达到首首都能出奇制胜。所以“在场”，不是说真的来自纯社会经验，而是从诗歌内部作出的判定。

本诗是“在场”的吗？作者是一名警察，而诗中又用第三人称来指称，显然，这不是写作者自身的经历，别人的心声同样不能窃听。但毫无疑问，本诗又的确是“在场”的。它的切入视角、语言、叙述口吻甚至语气都能达到对原语境的整体恢复和还原，将“他”内心的挣扎与困苦原生态地“模拟”出来，效果斐然。“在场”在某种程度上成了检验口语诗的一项指标而非简单的眼观耳听，更非纯语言或者纯技术的锻造。

上百度查了一下，天坛的回音壁是建筑上的一种特殊情况，面对墙壁小声讲话，东西两边均可听到。诗中的他面对如此神奇的事物，显然是把它视为了庙宇性的存在。“他把对老天爷想讲的话/把对亲人想讲的话/把对自己想讲的话/都讲给这面墙”，对着墙壁吐心中苦水，不是新鲜事。即便自言自语，也是多数人都常干的事。值得注意的是，他内心的言辞是复杂的，“老天爷——亲人——自己”构成一个强烈的语义场，将他苍白的形象逐步勾勒出来，什么年纪的人会有这份悲凉呢？生活阅历在诗中没有表现，但深谙世事并为此苦痛不堪却成了真实写照。“老天爷”——不是上帝，不是天神——这就是对“在场”的完美诠释。纳入中国人的生存经验的俗语具有其他词汇不可比拟的特点：更口语、更有效，换作较为书面的词语，艺术性必然会减弱。总之，前半部分是用“倒苦水”来使人物变得饱和且真实。“其实给这面墙/他什么也没有讲/他喊的是：/——听见了吗/——听见了吗”，到了后半部分，前面的行为被打乱，如同嫌疑影剧，什么也没讲才是实写。在天坛这里的公共场合诉说自己的心里话的确不太可能，后面的“你听见了吗”倒像是真实场景，这是切合实际的。事实上，对前文的否定使得读者恍然发现这一虚拟语气，但他的心里话所给予的阅读体验并不削减，原因是前面确实存在，只不过在时间上造成错位，构思十分巧妙。与之相比，“他什么也没讲”其实成了对事实的让步，“倒苦水”的行为变成一种日常性的练习，即他无时无刻不在向自己忏悔、祷告，面对回音壁，“——听见了吗”张口就来，内心最隐秘的情感瞬间流露出来。他是不断在困苦中挣扎的，苦水倒了一半，“他其实什么都没有讲”——苦水又分明的因为这一行字而生生地被他吞咽回去！

不得不说，无论是借助回音壁的“效果”，还是整体构思，本诗都是极其先锋的。

常遇春评吴雨伦《时间静止的时刻》

时间静止的时刻

时间静止的时刻
是在
大风吹走一切颗粒
真空般的夜晚
我拿着一盒比利时巧克力
穿过街道

突然
盒子被摇开
那些被糖纸包裹着
的家伙们散落在地
路灯下
反射着五颜六色的光
如同一堆迸溅而出的炭火
在真空的夜晚

常遇春细读：

诗歌铺述的终极目标是要精准地抵达诗核，而非以洋洋洒洒的笔墨来彰显自己的文学功底。这就要考虑：那种旁逸斜出的表现手法是否真有存在的必要，将诗歌文本作为整体来进行形式化的包装又是否是所谓的“先锋”呢？我一点都不看好。相反地，那是一种比较恶劣的展示，部分写作者们用极尽经验的写法创作出比较新颖的作品引起了一些追捧者的欢呼和嘴哨儿，因而便沾沾自喜。事实上对于读者来说，这种叫好不是来源于诗歌本身的纯度，而是基于自己意识的欠缺和见识的不足。

说到纯度，本诗娓娓的语言让人意识到什么叫作“探囊取物”，是的，这大概就是对纯度和诗核比较有趣的表述。作者抽空时间以瞬间的静止对应真空状态，不像太空那样真实但又可感可观。为什么？“大风吹走一切颗粒”作为对环境的限定同时也是如此漂亮的一句——仿佛一对近视已久的眼睛突然变得明亮、正常，摘掉厚厚的眼镜片后看到的是“真空般的夜晚”。这样一种不可能的体验被几个文字写到了极致，新鲜的窒息感也为后文视觉上的转移创造了条件。比利时巧克力散落在地，包装纸在灯光的反射下散发出金黄的光芒。这个现实场景被当成“真空中的炭火”只是一个比喻，更重要的是前面的真空在最后一句叠加出现，两者交织才给那个精致的意象以实锤。作者冷静的语言交代的正是这样一种麻到舌尖的感觉：它可以被体验，它是真实的不是虚构的。“如同一堆迸溅而出的炭火/在真空的夜晚”，这一段里容易受到逻辑的牵绊，诗人的意图正是让人超越逻辑的困束。依赖于氧气的火焰不能在真空中绽放为人所知，因而便有了“时间静止的时刻”的设置。真空成了视觉体验，诗中的黑夜变得更黑，世界愈发寂静，炭火四射因此变得动感十足。

如此再读本诗，“探囊取物”的感觉呼之欲出，那样缓缓的动作带着几分干练，难以捕捉的诗核在作者笔下像一只娇滴滴的葡萄。

常遇春评沈浩波《在圣方济各圣堂前》

在圣方济各圣堂前

我喜欢那些
小小的教堂
庄重又亲切
澳门路环村的
圣方济各圣堂
细长的木门
将黄色的墙壁
切割成两片
蝴蝶的翅膀
明亮而温暖
引诱我进入
门口的条幅上
有两行大字
是新约里的话
“耶稣说：
我就是道路
真理和生命”
我想了想
在心中默默地
对耶稣说：
“对不起

这句话
我不能同意”

常遇春细读：

本诗在某种程度上可以看作是对宗教信仰的辩驳，虽然这样说起来有些过分。当然，这不是主旨，全诗烘托出的诗人形象才是最值得探究的部分。

简单来说（抛除文化因素），早先的宗教之所以创建并发展至今或许是因为先民们对于万物的敬畏而衍生的恐惧，生命的诞生、消亡存在着众多未知，直到突然出现了一种价值体系，用种种新的背景代替了客观存在。如同一眼望不到边的黑暗长廊里突然出现了那么一个人，随着时间的消逝，你越靠近死亡般的黑暗，就离他越近。那个人一直反复的宽慰你，“来吧，不要怕……我就是道路/真理和生命”，于是世人从容地面对死亡，得到了永久的慰藉。而诗人又是怎样产生的？同样是黑暗长廊，他们毕生都在扯着脖子想探清里面的究竟，并把未知的事物转换成亮白的文字。人生苦短，越走越深，他们看得越来越通透，写作也越来越明朗、开阔。

本诗中的“我”严肃而认真，表明的正是这层对抗性，同时也暗示着诗人的使命所在。结合上下语境又可发现，作者并不刻意要突出两种“信仰”的不可交互，而是通过娓娓叙述来递进出自己的人生信条。站在一座精致漂亮的圣堂前观赏着它的艺术美，细长的木门，黄色的墙壁，在空中闪跃的蝴蝶等让人感到温暖，这是一份难得的来自世俗的心灵享受。而耶稣的话被刻在门口的条幅上，作为圣堂作为建筑的一小部分，却让参观者的诗性一下子跳出来，严肃、认真，也有几分美好和可爱。

在沈浩波最近的写作中，有个和本诗主旨类似的截句："追求真理者是我的爱人/真理是我的敌人"，细细品味，那种两眼放光的怀疑和批判精神劲夹在其中。

李锋评刘傲夫《与领导一起尿尿》

与领导一起尿尿

厕所里立便器
只有两个
我正尿着
领导进来了
与我并排
站着开尿
气氛有些沉默
我觉得这时候
应该说点什么
我说，领导
你尿尿
也尿得这么
好

李锋细读：

这是一首典型的后现代的口语诗佳作。

后现代精神对诗人有一种巨大的解放，给诗人的写作带来了极大的自由。很明显的一点是，诗人完全不必那么端着了，可以轻松自如地调侃自己了。在诗中，对一个“我”字的运用也早已突破了写实的自我指称，那完全可以是第一人称的小说人物，或者是一个在舞台表演的戏剧角色，也就是说诗可以有合理的虚构的情节，以达到生动极致的效果。比如说此诗，那么鲜活的阿谀奉承的情景片段，尽管冠以“我”身，就真的是诗人的所作所为、就真的代表诗人认同的价值观念吗？这样读诗就未免太呆板了。恰恰相反，诗人要的只是第一人称的真实感和现场感，以戏剧化的情节让那种丑态展现得淋漓尽致，而最终达到的其实是一种不着痕迹的讽刺和批判。在我们这个等级观念深重的国度，这类的丑陋可笑的事件随时随处都在上演，只不过表现和程度略有不同罢了。

厕所，是个比较特殊的场合，在这里解决的是人的原始的自然需求。而在人的自然属性上，明显的人人平等打破了平日社会上的等级秩序，这恰恰是让身在等级底端的人身心不安的原因。我们早已安于一种等级秩序之下的和谐了，这也是传统的儒家思想一贯追求的目标。在撒尿这种人人如此、概莫能外的事情中硬要分出溜须拍马之人，的确太让人恶心了。这恶心恰是这首诗的成功之处。读者切莫错将此感置于作者身上，作者和你其实是一样的态度。

写到这里，我也提供一个有关撒尿的人性画面吧，是我最近在高铁上有幸撞见的。那次我所在的车厢上来一群由老师带队的小学生，有三十人左右，车厢里一下热闹起来，少男少女们说说笑笑、打打闹闹，估计是去某个地方游玩吧。我上厕所出来，等在门口的三四个小男孩呼啦一下全进去了，我当时就惊呆了，还没回过神他们就又笑着闹着出来了。我很是感慨，没想到男孩子们一起撒尿的童年乐事竟然还会在城市的高铁上重演。多么天真可爱，这才是人性平等的欢乐，相形之下，成年人那种肮脏的心思多么可鄙！

李锋评黄海兮《1996，县城》

1996，县城

1996年
我请李晓东看录像
我们刚进录像厅
放映的画面
传来一男一女的呻吟
我和她坐在角落的
双人沙发上
我便闻到李晓东头发的
茉莉花香水气味
和录像厅充满的
尿骚气味
烟草气味
脚臭气味
并有布沙发上的精液气味
和来苏水气味

昏暗的县城的
城中村
建筑工地
断头路
单位家属院

都有这其中的某种气味
那年，我常走的大街小巷
而现在我闭上眼
那种气味
总是跑出来

李锋细读：

1996年，我12岁，刚上初一，第一次走出村子来到乡里吃住，柏油路就是比村里的土路高大上。我闹过的一个笑话是，去集上的一个店铺里买“香香”，老板问了我几遍“什么？”，我说了几遍“香香啊”，还是不明白，多亏同学帮我说了一句“雪花膏”，我顿时羞了个大红脸，我竟然把妈妈跟我和妹妹的说法（“来，抹香香喽”）带到了大集市！录像厅的事我也是那时候听说的。我和几个同学并不住校，而是在其中一个同学集上的亲戚家里睡通铺。下过晚自习，我们要走一段长长的集街，就有人中途拐进录像厅，当然是收费的，好像是一人一块钱吧。我那时思想单纯，也没钱，虽然也好奇，却没有进去过。

因而我读到黄海兮此诗心里有一种快慰，好像是对当年缺憾的一种补赎，过了二十多年才终于进入了那个现场。此诗的现场质感是通过丰富的气味描写带来的，而他所写的是一个更大的环境——县城，他的笔法是由点及面的，气味也是有集有散，有典型环境的强烈具体，也有一般场景的随时回味。气味虽然也是具体的，但气味又有一种形而上的笼罩感，就像是那些场景物象的魂魄似的，因而此诗的写作姿态倒也并不是睁开眼睛去看，而是闭上眼睛吸着鼻孔的冥想感受，是一种神契，用人之灵汇合物之魄，真是写得好极了。

李锋评图雅《母亲在我腹中》

母亲在我腹中

母亲已经盘踞在我的腹中
这是不可更改的事实

寂静中听见母亲的笑，响彻我的喉咙
它让我恐惧，让我疼痛

我应和着她的笑在平面的镜中
滋养着她的皱纹

她的白发，被我的腹膜提拉到云的高度
以至我祈求母亲别丢下我

母亲的抱怨，此时
撑痛我脆弱的心胸

我承认我吃了她带血的奶，带血的牙印
证明我一来到这个世上就成为她的仇人

后来我开始吃她的手和脚
吃她的眼泪和勤劳

再后来我吃她的肌肉和骨头
吃她的爱情和宽容

如今她每一寸肌肤都滑进我的腹腔
她的每一块骨头都开始疏松

我吞进多少牛奶和豆浆都弥补不了我的罪过
内视她的表情，充满讨伐和征服

我只好节节败退
用我的坚韧对抗中年，对抗衰败的年轮

母亲在我腹中已是不争的事实
我勇敢地装下她，正如多少年前她勇敢地装下我

李锋细读：

这首无疑是图雅的第一名作，在我看来已是经典，在进行时的当代诗歌创作中，口语诗之外，具备经典可能性的诗作比较少见，所以它显得尤其珍贵。

这首诗的表现手法非常现代，揭示的母女关系非常深刻。一上来就是板上钉钉的突兀结论，一个超现实的反常意象，母亲在我腹中，足够大胆惊人，让读者瞠目的同时，无疑给自己制造了一个超级难题，接下来如何从悬崖上顺顺利利走下来才是考验诗人能力的关键。下山的路就是上山的路，能下来就能上去，这个推论的过程

就是诗意伸展的过程。我们看到图雅做得好极了，从“不可更改的事实”这种自我决断，写到“不争的事实”这种读者也能认可的地步，一种彻底的翻转实现了，一种至深的交流达成了：“我勇敢地装下她，正如多少年前她勇敢地装下我”。在女儿的成长过程中有着母亲太多的牺牲和成全，这是此诗意涵的一半，此诗另外的意义却是，当女儿也人到中年之时，她已经能够体验到母亲的全部处境，身心都更加贴近了母亲的形象，她自己也成了母亲，能够和母亲随时有一种至深的理解和体认。

母亲在我腹中，就是母亲在我心中的最高级的表达形式。

诗人论

窥豹录（节选）

胡亮

余光中（1928—2017）

纪弦赴台湾以后，不忘《现代》，乃于1953年创办《现代诗》；次年，洛夫参与创建《创世纪》，余光中参与创建《蓝星》：此乃台湾诗三大重镇也。《创世纪》，志在西洋与现代派，或与《现代诗》互为犄角。《蓝星》，志在本土与浪漫派，则与《现代诗》势成反目。然则，洛夫也罢，余光中也罢，皆诗龙也，几条麻绳哪里缚得住？此处且说余光中。到五十年代后期，余光中忽而换心换肺，由"孝子"而"浪子"，由"毛笔"而"钢笔"，由"古董店"而"委托行"，终于投身于风起云涌的现代诗运动。虽千万人吾往矣，其决然，其毅然，好比其所写及的飞将军。来读《西螺大桥》，"于是，我的灵魂也醒了，我知道，/既渡的我将异于/未渡的我，我知道/彼岸的我不能复原为/此岸的我"。诗人甚至借来兰德（Walter Savage Landor）语，表达其抱负如是，"我的晚餐也许延迟。可是餐厅将灯火辉煌，宾客虽少，却都不凡。"1958年晚秋，诗人赴美国爱荷华州立大学进修，受到立体派和抽象派的影响，其为诗也，颇能在抽象与具象之间来回转换。心中的古中国，似乎不敌眼前的新大陆。可是，奇迹——或者说契机——降临了。诗人很快就发现，在异国，在异乡，只有橘枳之变，何来鱼水之欢？那就接着餐厅的话题往下说，来读《我之固体化》，"在此地，在国际的鸡尾酒里，/我仍是一块拒绝溶化的冰"。诗人一生飘萍，由南京，而重庆，而厦门，由台湾，而美国，而香港，辗转各地，却在美国看清自己的身份，悟知自己的来历，不能说不是一段让人半天想不通的因果。"从我笔尖潺潺泻出的蓝墨水，远以汨罗江为其上游。”回到台湾以后，余光中自认为现代的天花已然出尽，不仅要重返——而且要重铸——屈原以来的伟大传统。两次修正，几度迂回，“好几英里的寂寞”。从西洋之“水仙”，终回到中国之“莲”。莲者，美也，爱也，禅也。六十年代初期，诗人完成诗集《莲的联想》，其后全部作品，尤以诗集《五陵少年》和《白玉苦瓜》，上承传统，旁汲西洋，几乎都能给世界以鲜明的中国或古中国形象。多燕子的江南，多鹧鸪的重庆，“最美最母亲的国度”。余光中此类作品约有四个大宗：言情诗、怀乡诗、咏史诗与感时诗——“感时诗”是笔者的杜撰，却也有来历，“感时”即“忧世”，前者见于杜工部，后者见于钱钟书。感时诗，可参读《敲打乐》；咏史诗，可参读《唐马》；怀乡诗，可参读《春天，遂想起》《乡愁》和《当我死时》；言情诗，可参读《等你，在雨中》《碧潭》和《珍珠项链》。余光中作为“艺术上的多妻主义诗人”，诗材极广，诗路极宽，风格亦摇曳生姿，或近于姜夔，或近于屈原，或近于李杜苏辛，可谓兼工各体而奄有众长。现代也罢，传统也罢，西洋也罢，中国也罢，诗人堪称“出将入相”。宋人叶梦得《避暑录话》有言，“凡有井水处，皆能歌柳词”；这句话今天或可改成，“凡有井水处，皆能歌余诗”。两岸都在传诵，“小时候/乡愁是一枚小小的邮票/我在这头/母亲在那头”；都在传诵，“十六柄桂桨敲碎青琉璃/几则罗曼史躲在阳伞下/我的，没带来，我的罗曼史/在河的下游”。就总体而言，余光中的作品镂金错玉，雕梁画栋，既有精粲的细节，又有宏富的堂庑，既有文火，又有烈火，既有红牙板，又有铁绰板和铜琵琶，确实展现出了一些大家气象。然则，其诗亦可指疵。他的问题出在哪里？色情主义？比如《火山带》《双人床》或《鹤嘴锄》？非也，他的问题出在用力过猛，用典太繁，辞胜于情而气胜于质。打个比方来说，贵妇满头珠翠，遍身罗绮，却不如小女儿天生娇憨，趿着拖鞋就溜出来见了生客。清人刘熙载《艺概》有言，“杜诗只有无二字足以评之：有者，但见性情气骨也；无者，不见语言文字也”。杜甫代表汉诗的最高境界，余光中自是不及，其诗则每每先见语言文字，后见性情气骨——终是学人之诗而非诗人之诗也。李敖先生谈及余光中，一则曰“学高于诗”，可谓的论；再则曰“诗高于品”，似有确证。诗人密告小说家陈映真，其事也，已超出本文范围，这里姑且存而不论。最后，要在这里做个交代：六十年代初期，余光中发表《天狼星》，引来洛夫发难，遂有现代与传统之争；七十年代初期，洛夫也便赶来与余光中会合，他们或已达成了共识：“传统”不是冰块，而是雪球，“现代”从来就无碍于这雪球的滚动。两者各有进退，可谓皆大欢喜；至于纪弦，一条路，走到天黑，其成就不免受到限制。

商禽（1930–2010）

商禽本名罗燕。据流沙河考证，“燕”就是“玄鸟”。《诗经》里面有篇《玄鸟》：“天命玄鸟，降而生商。”故而诗人取了这个笔名——似乎也真有某种天命，鸟，以及其他各种动物，此后就一直出入于诗人的作品。很多时候，这个被选定的动物，与抒情主体都构成了难以两分的投射。比如《鸽子》。诗人要写到一只鸽子吗？不，他要写到他的双手，负罪的双手，可能还有双手蘸到的战争、政治和历史。“相互倚靠而抖颤着的，工作过仍要工作，杀戮过终也要被杀戮的，无辜的手啊，现在，我将你们高举，我是多么想——如同放掉一对伤愈的雀鸟一样——将你们从我双臂释放啊！”另外的作品，比如《鸡》，写到失落；《火鸡》，写到抗议——细细读来，两只鸡都是商禽，这个商禽，并未脱离战后台湾语境。然则，诗人的诗中没有“恨”，正如，也没有“快乐的想象力”。恨与快乐，诗人罔顾。“熄去室内的灯/应之以方方的暗”。

历史的烟云慢慢散了，来到面前的，只是时间，溜到脑后的，也是时间——光学的、中性的、作为母题（Motif）的、无关于某种大历史的时间。诗人的写作，慢慢地，集中指向了这个母题。《跃场》《长颈鹿》《灭火机》和《涉禽》，都是名篇。“竟不知时间是如此的浅/一举步便踏到明天”。即以上文提及的《火鸡》而论，“但孔雀乃炫耀它的美——由于寂寞；而火鸡则往往在示威——向着虚无”，也有面对此种永恒的时间。总的来看，商禽写诗写得少：这不唯是慎惕，还是自信力的表现。不仅写得少，篇幅也很小：只愿吝啬，偏能丰富。这个话，需要说得更明白：即便是在一个小旮旯——自然段和散文片断的小旮旯——他也能够悬挂起千万重帷幕。他并不迷恋无穷的意义织体，却更想把某个意义，置于“全官能的开放”。是的，商禽的美学，常常就是一种官能美学：吃的美学，嗅的美学，听的美学，看的美学，以及与之相关的动物的美学。他所呈现的，不是肉感，而是肉感的思想：他就是那个“枯槁哪吒”。商禽已然具有大诗人气象——虽说他仿写鲁迅先生，多年出不来，可能会略微打些折扣。如何仿写鲁迅？可参读《冷藏的火把》。与前述作品相比，此诗似乎减少了若干褶皱：深夜停电后，诗人为了寻找果腹之物而打开冰箱，发现了冻结的烛光，火红如珊瑚，烟黑似长发，“正如你揭开你的心胸，发现一支冷藏的火把”。顺着这个隐喻，向后走，就会退回到鲁迅。且引来《死火》：“这是死火。有炎炎的形，但毫不摇动，全体冰结，像珊瑚枝；尖端还有凝固的黑烟，疑这才从火宅中出，所以枯焦。”这一段闲笔，并非附会，亦非误会，商禽亦曾自供：十五岁，他被拉了壮丁，关在成都，在堆满书的旧仓库里，他认出了——是的，认出了——《野草》，并有可能捧读了一周。这个象征主义诗人——渐转向超现实主义——就这样被唤醒了。在鲁迅那里，或商禽这里，我们都能够惊奇地看到：生活中的等闲之物，经由散文化、小说化或戏剧化的情节，最终幻化出妙不可言、深不可测的超现实之境；换言之，某首可能之诗，事先被推向散文之路、小说之路或戏剧之路，眼看就要“出位”，忽而有神来之笔，或是脸青面黑的大翻供，就不再是散文，不再是小说，也不再是戏剧，而成了一首诗，一首别有机杼的诗，一首无可怀疑的诗。鲁迅亦当含笑了——伟大的《野草》，执教了两个诗人，在台湾，是商禽，在大陆，是昌耀，这两个诗人，都已经接近了伟大。

痖弦（1932–）

晚年何其芳，翻译海涅，鼓吹民歌，可能不会料到，他会成为现代诗复兴的泉源。在大陆，他是食指的诗神；在台湾，则是痖弦的诗神。青年痖弦耽读《预言》，延及整个儿的早年何其芳，并在后者笼罩下写出《山神》等诗——晚年何其芳，破碎无足观，颇能使痖弦大哭一场。痖弦才情不让早年何其芳，1957年以后，他只用短短七八年，就把内心之璞，磨成了一生的琼琚。此后很快搁笔，不再写诗。总的来看，痖弦作品妙在趣味、氛围和声口，然而，此点只可意会，难以言传。或可如是说来，如是说来又显得很“匠”：民谣风，经由痖弦，羼入了几滴超现实主义。两者互动，点铁成金。所以我会说，痖弦之妙，妙在交错，妙在交错后的恍惚。除了民谣风与超现实主义的交错，尚有另外三重交错，曰：北方与南方，中国与外国，古代与现代。痖弦乃是南阳人氏，其诗颇有北方的忧郁和冷肃，然而此种北方，每每交错于南方，此故，又能蘸得南方的温润与风物之甜。来读《野荸荠》，表面看，是写南方，“送她到南方的海湄”，终于引出野荸荠、贝壳和燕麦。南方所谓燕麦，北方则称为莜麦、玉麦或铃铛麦。细细思量，视角是由北方移至南方，南方后面，当然躲着个无计可消除的北方。此谓北方与南方之交错。《野荸荠》还有可谈，比如，此诗的意外事故。什么意外事故呢？这样一首诗，当然是中国的，或者说，是民国的，篇幅并不长，里面却冒出了三个非民国非中国的符号：“马拉尔美”，“高克多”，还有“裴多菲”。这些符号，都如蜻蜓点水，被诗人借来，与个人的情事和本土的现实，临时组建了相互指涉的关系。此种相互指涉，是不是有点密集呢？诗人心里也有数。当他写出《盐》，就只借来一个异域符号，“陀思妥耶夫斯基”，那效果，当然就更好。“二嬷嬷压根儿也没见过陀思妥耶夫斯基。春天她只叫着一句话：盐呀，盐呀，给我一把盐呀！天使们就在榆树上歌唱。那年豌豆差不多完全没有开花。”佳例还很多，“匈牙利水手”之于《忧郁》，“佛罗稜斯的街道”之于《妇人》，“美洲”之于《蛇衣》，几乎见于其全部作品。此谓中国与外国之交错。痖弦的时态不免都有些恍惚，即以前述作品而论，近代耶，民国耶，现代耶，恐怕就不好辨认。至于《巴比伦》《阿拉伯》《希腊》《罗马》等篇，“梦里不知身是客”，不仅有着时间上的恍惚，还有着空间上的恍惚。那就勉强如是概括：古代之题材，而能有现代之视角；现代之题材，而能有古代之韵味。此谓古代与现代之交错。最是《红玉米》，堪称神品，能兼有前述三种交错，而又能不泥、不隔、不羸、不赘。“宣统那年”的、“北方”的、当然亦是“中国的”红玉米，经由诗人的移山之功，来到了“一九五八年”，可惜“南方出生的女儿”和“凡尔哈仑”，都永远不会懂得“它挂在那儿的姿态/和它的颜色”。多重交错，便成复调。以是故，痖弦作品看似细致、精微、清澈而纤弱，忽而插入一个词，就能将整个作品置于更加开阔的空间：地理、语言、文化或历史的空间。痖弦最好的诗，当然还是人物诗，除了《妇人》，尚有《乞丐》《上校》《坤伶》和《故某省长》，均亦堪称神品。《上校》已经广为传诵，这里从略，且引来只有四行的《故某省长》，“钟鸣七句时他的前额和崇高突然宣告崩溃/在由医生那里借来的夜中/在他悲哀而富贵的皮肤底下——//

合唱终止。”从这批作品可以见出，诗人能化用民谣或地方戏，甚至借鉴西洋短篇小说，来“设计”或“出演”各种人物，具有被淡化的、自嘲的、压抑而恍惚的悲剧性，弥漫着“谨慎的同情心”（Circumspect Sympathy）。他写的是叙事诗吗？不，无论他怎样依仗“叙事”——这是如此奇妙——他写出的都是抒情诗。这些抒情诗，亦俗，亦雅，亦旧，亦新，亦我，亦他，俗而能雅，雅而能俗，旧而能新，新而能旧，我而能人，人而能我。这就是化境。如果说，在大陆，柏桦是最好的抒情诗人，那么在台湾，痖弦就是最好的抒情诗人：一个如此老派而又如此新派的抒情的契诃夫。

王小龙（1954–）

金斯伯格（Allen Ginsberg）对中国的访问，是在1984年10月。他在北京，曾与北岛见面，在上海，曾与王小龙见面。金斯伯格可能尚未觉知，有意无意间，他已经访问了中国当代诗的两个时代：以北岛为代表的正在式微的隐喻时代，以及以王小龙为源头的正在勃起的口语时代。这个美国佬更加不会明白：两个时代具有较为复杂的依违关系。他最感兴趣的问题，是去哪里领取中国版税。王小龙对此颇有揶揄，可参读《金斯堡》——那会儿，“金斯堡”还没有通译作“金斯伯格”。却说王小龙，他从不讳言今天派带来的惊奇感，正如从不讳言摆脱此种影响的迫在眉睫。“要学会自己走路”。今天派亦有口语诗，早在1974年，芒克就写有《街》——此诗如果混入了于坚或李亚伟的诗集，恐怕也不会被轻易识破。芒克要去开拓他们的隐喻时代，在口语的向度上，当时并没有更多的表现。到王小龙出现，口语才作为普遍的手段，或者说，才作为方向性的美学选择。早在1981年5月，王小龙就已经写出《出租汽车总在绝望时开来》。对于这首诗，都说好，又说不出好在哪里。好在哪里？口语，而能俭省；白描，而能生动；细节，而能纤毫毕现；画面，而能饱满；幽默感，而能掖着悲剧感。“出租汽车”如同怪物和猛兽，取代了今天派的“星星”“麦穗”或“悬铃木”。恰如诗人所说：像小时候埋葬自己的乳牙。隐喻时代的紧绷和高蹈，被彻底置换为日常和市井的小滋味。小滋味，有滋有味。这真是“一个注定的时刻”。单凭此诗，王小龙已经成为口语美学的源头性人物。要到1981年或1982年，严力才写出《不用站起来去看天黑了》；1982年，韩东才写出《有关大雁塔》；1984年，于坚才写出《尚义街6号》；1984年，李亚伟才写出《中文系》；1987年，阿吾才写出《相声专场》；1988年，伊沙才写出《车过黄河》。王小龙并非孤篇传世；八十年代前几年，他迎来了写作高峰期。不是激昂的年代，而是具体的生活，比如结婚，促成了这个写作高峰期。前面提及的《出租汽车总在绝望时开来》，有时候，会被王小龙列入组诗《婚后生活》。结婚意味着什么？别扭、烦躁、争吵。舒婷的读者很失望，在王小龙这里，他们没有领到哪怕一小把水果糖。就这样，几乎每年，诗人都能拿出一点儿作品，写给——而不是献给——父亲、老婆、女儿、老孙、阿婆、老张或某个小女孩。诗人的调侃和戏谑，里三层，外三层，裹住了内心的情感。我们必得剥开层层粽叶，才能吃到深藏的芝麻、花生和核桃。来读《写给父亲》，“因此我们活着不能太计较/你说对吗你怎么不说话你/这棵风中的棕榈”。父亲已经去世，棕榈不能搭话，诗人的责怪如同无赖。责怪，无赖，里面却有很深的情感。诗人曾说，他的每首诗都是情歌。读者对此充满狐疑，他们会说，或许只有《爱的十四行》才算是情歌。可是，这首诗的味儿太酽。太酽，就不真实。怎么说呢，《爱的十四行》只能算是王小龙全部写作中的意外事故。想当年，王小龙与金斯伯格见面，曾专门谈到“接近真实的可能性”。金斯伯格刚刚在北京写出的《北京偶感》，既是诗，也是诗学纲领，竭力推举“呼吸”“毫无顾忌”“方言”“新泽西俗语”“折磨”“染色体”“惠特曼”“黑人布鲁斯”“披头士”和“精确的细节”，为王小龙的问题提供了一些答案。从北京来到上海，金斯伯格也才找到诗学的同志。1986年，王小龙写出《纪念航天飞机挑战者号》，颇有金斯伯格之风；2013年，又写出《年代》，亦颇有布鲁斯（Blues）之风，应该交给饶舌歌手去演唱。“走音你也走出步步天籁”。尽管如此，王小龙却愈来愈低调，愈来愈隐逸。“总之不拿自己当回事。当多大回事就出多大洋相。”这样，挺好。

夏宇（1956–）

世人但知李格弟和童大龙，不知夏宇。李格弟和童大龙乃是台湾词坛高手，所作堪称“纯金打造”，为李丽芬、王祖贤、张艾嘉、薛岳、庾澄庆、赵传、陈珊妮、齐氏姐弟、苏打绿、王菲、蔡依林。萧敬腾等艺人所传唱。实则，词人李格弟，词人童大龙，都是女诗人夏宇。有点吃惊吧？夏宇的诗，从初稿，到改稿，从发生，到传播，充满了行为和装置的花样。诗作为行为和装置，已经过程化，动态化，也就是说，汉字、数字、外文、字体、字号，不断组合、推倒和重写，或能临时落脚于一个剪贴本，一本毛边书，要裁开才能读，而读到的不过是正在成形的意义或无意义漩涡——天知道这个漩涡当何去何从？她常把一首诗改成另外一首诗，还能把志在悲伤的诗——比如《乘喷射机离去》——改成身首异处的好玩的诗。这样，诗已经成为动态艺术，两者共有的抛物线，陌生，另类，童心未泯，充满兴奋感，出乎我们的意料，每每也出乎她自己的意料。她会说：这就对了。诗人的另外一个习惯，则是可以同时写多首诗，其目的，是为了求得“此首”和“他首”的相异，甚至，求得初衷之外的“他他首”。诗就是亡羊补牢，诗人却很糊涂，因为她不晓得，诗是羊，还是牢。单从发生学和传播学的角度来看，夏宇试图——并且已经——求得了自己的特征，这个特征，开了风气，将诗人显著地区别于此前几代台湾诗人。她的《也是情妇》，是对郑愁予《情妇》的“parody”——这个术语，大陆通译为“戏拟”，台湾常译为“嘲弄模拟”。很多诗人都干过这种事，比如，韩东《有关大雁塔》之于杨炼《大雁塔》。戏拟也罢，嘲弄模拟也罢，并非故意，而是因为新的态度——主要是生活态度——诚然已经出现。郑愁予的爱情，也许在夏宇看来，唯美到作伪，古典到忍俊不禁，所以她愿意把“情”藏得更深，而示人以调皮，示人以捣蛋，示人以假不正经。戏拟诗都是后设诗，加上游戏诗，各种花样，就有人说她是后现代主义。彼时，她就笑了，说，不能苛求批评家，只能苛求自己的写作。其实，后设诗她写得少，名作《疲于抒情后的抒情方式》《鱼罐头》《开瓶器》和《腹语术》，也能假冷，也能假不正经，却都不是后设诗，至少，都不是明显的后设诗。诗人也能严肃：《甜蜜的复仇》，失恋诗，严肃到令人心酸；《野餐》，祭父诗，严肃到令人心痛。夏宇敏感于女性的角色局限，其多数作品，都持有或隐或显的女性中心论，她甚至不平于没有女性“专用”的脏话。此种女性中心论的热辣，并非来自短兵相接，而是来自揶揄，对父权传统和男性中心论的揶揄。可参读《一般见识》。夏宇的诗乃是直觉的产物，灵感的产物，孤傲，冷凝，机智，伪甜蜜，电光石火，具有奇妙的速冻性，又能冒出“暗示的轻烟”。她毕业于国立艺专影剧科，为诗每有戏剧性场景，好用对白与独白，又颇能切断词法及句法之显在逻辑，求得字与字的额外的相撞。她称之为“以暴制暴”。诗人曾有忆及，在遛狗时，她捡到一个小盒子，装槟榔的，“觉得冶艳极，而又亡命感”，不免心有戚戚，实则，她的诗，正是如此这般的“红唇槟榔”。

尹丽川（1973–）

尹丽川有尹丽川的圈套，我们有我们的原形。此话怎么讲？来读《为什么不再舒服一些》，“啊 再往上一点再往下一点再往左一点再往右一点”。这是在写啥？我们嗫嚅着，“做爱？”尹丽川两指夹烟，坏笑着，花枝乱颤，揶揄着我们的居心，“这不是做爱/这是钉钉子”。接着呢，快一点，慢一点，深一点，浅一点，轻一点，重一点，松一点，紧一点，也不是做爱，而是系鞋带、扫黄、按摩、写诗、洗头或洗脚。尹丽川的试纸，显出了我们的原形。我们都是谁？文艺男，闷骚，未遂强奸犯，油腻中年，还有道貌岸然的老光棍。这个读者反应小试验，尹丽川稳操胜券，而我们，被她扒了皮。什么皮？纯洁。什么肉？不纯洁。那么，诗人所写，真不是做爱？钉钉子，是本体还是喻体？做爱，是喻体还是本体？我们不敢随便作答，眼巴巴，但看诗人的脸色。再来读《我们是如何度过了新年》，“是谁设计了/这道一针见血的门/我绝不想比喻什么。我说的是/自动转门”。我们已经没辙，只好附议：她确实不想比喻什么。然而，诗人的花招，并非声东击西，而是声东击东。声东击东，其间，向西虚晃了几枪。诗人看过了没皮的不纯洁，或许会说：他妈的，怎么啦，我就是写做爱，我就是喜欢下半身！下半身意味着新鲜、肮脏、酥麻、激动、快活、大汗淋漓、痉挛和隐瞒，上半身呢，则意味着礼仪、禁忌、苟且、活受罪、皮笑肉不笑、硬撑和装模作样。尹丽川的意义或在于，怂恿下半身，挑逗和冒犯着我们的上半身。“大白菜”“土豆”“两块肥肉”“洞”……都是本体，都是喻体，都是身体。可参读《经过民工》和《爱情故事》。尹丽川的这些作品，不妨暂且称为情色诗。情色诗是尹丽川的前锋，而情色小说，则是她的中场和后卫。可以参读短篇《偷情》和长篇《贱人》。情色诗，从夏宇，到唐亚平，乃是新诗的一个小传统，到尹丽川，这个小传统已然变本加厉。情色小说，从明朝，到清朝，乃是古典小说的一个小传统，到尹丽川，这个小传统已然破茧化蝶。古典情色小说，或有三种立场：男性中心主义，女性中心主义，以及两者的并行不悖。可分别参读《肉蒲团》《痴婆子》和《灯草和尚传》——尹丽川的《青春之歌》，就人物关系而言，或可视为对这些小说的当代重写。男性中心主义，通俗地讲，就是进攻和征服主义，就是占便宜主义，就是摸了一把主义，就是采阴补阳主义。诗人见过女人骂街，“用着男性术语”，可见男性中心主义甚至已经成为女性的无意识。尹丽川的诗与小说，就是要撕碎这种古老而怪异的单方面协议。贼采了花，花也采了贼，哪里有什么中心，谁能说谁占了谁的便宜？仔细玩味《为什么不再舒服一些》，不难发现，诗人运用的是教唆的、颐指气使的、着急而善变的、不容分说的口气，不会给听者——应该是男性吧——留下任何谈判的余地。诗人有所不知，在《灯草和尚传》，在第五回，秋姐早已发表过更流氓的女性中心主义宣言，“都是一个妇人家，谁不想偷几个男子汉？”秋姐是秋姐，尹丽川是尹丽川。对她们来说，性的游戏特征，身体的快乐功能，却都是天赋人权，与道德、伦理和集体主义没有半毛钱的关系。没有游戏，没有快乐，就会成为罪犯、变态狂或精神病患者。但是，道德、伦理和集体主义，作为教育和环境，仍然捆绑着当代女性。诗人是个“好榜样”，她也收集、讥讽和挽救着若干“坏榜样”。动辄脸红的女孩，女研究生，妈妈，只有塑料身体，那就都是“坏榜样”。来读《妈妈》，“自从我认识你，你不再水性杨花/为了另一个女人/你这样做值得么”。尹丽川有着桃花眼，有着狐狸心，她的诗，亦堪称欲望之诗、快感之诗、“犯贱”与“无耻”之诗。我们一边这样说，一边又觉着哪儿不对劲儿。诗人鲜有——却真有——几次自辩，来读《解决》，“我有多邪恶/就有多善良”。尹丽川有两道门，这两行诗，就是两把钥匙。侯马先生同时持有两把钥匙，故而，就有资格献诗给尹丽川，“她比鸡还漂亮/却像少女一样羞涩”。那就这样来小结吧：在尹丽川这里，下半身，上半身，前者对后者，与其说是反对，不如说是校对。

沈浩波（1976–）

2000年7月，《下半身》创刊——这是“恶棍”的小本营。阿勃丝(Diane Arbus)的摄影作品，《拿玩具手雷的小男孩》，被倒置，用作《下本身》的封面。小男孩叫Colin Wood，他后来回忆说，阿勃丝在他身上看出了挫折、愤怒和来自环境的约束性压力。狼来了。现在轮到沈浩波，这家伙，吃了豹子胆，把玩具换成了真的手雷。“我们要让诗意死得很难看”。沈浩波的写作，翻了脸，铁了心，很快沉溺于最无耻的肉体法则。道德、使命、思想和绕口令，对肉体来说，都是累赘，都是蛮横，都是五花大绑。沈浩波只要一丝不挂的肉体，只要一往无前的快乐，就如同，他只要冒着烟的快要炸开的手雷。狼真的来了。可参读《一把好乳》《肉体》和《黄四的理想》。沈浩波大摇大摆，步入了肉体的现场——有的学者却说，他虚构了肉体的乌托邦。“乌托邦”，不就是上半身吗？这批见血封喉的作品，恰恰对皮笑肉不笑的上半身，对半推半就的新诗，对羞答答的传统，构成了前所未有的渎犯。沈浩波的坏，明目张胆，得寸进尺，坏得有滋有味，坏得有余有剩——这显得有点儿奇怪。来读《下半身写作及反对上半身》，“我们亮出了自己的下半身，男的亮出了自己的把柄，女的亮出了自己的漏洞。我们都这样了，我们还怕什么？”来读《思考》，“到底要到什么时候/我才能把/世界上的/那些正人君子们/全都恶心死”。这样的宣言，这样的作品，给同仁带来了肉蒲团，也给对手赠送了甜枣和道德意义上的制高点。那些写律诗的老干部，那些学习十字绣的淑女，那些班主任，那些居委会大妈，那些天真派，那些参加过琼瑶夏令营的中学生，那些吃瓜群众，他们很快就登上了这个制高点。“真是不要脸啊”，他们这样口诛沈浩波。但是，这个制高点，上去容易下来难——除非他们现出了原形。沈浩波手持照妖镜，先让自己现出了原形。可参读《自画像》《朋友妻》《给自己的献词》和《心藏大恶》。自嘲，自损，“对自己下刀子”，正话反说，都是策略，都是心机，都是拖刀计，都是让步修辞。沈浩波的巴掌，打的是自己，疼的是所谓正人君子。白头蝰的面具，赤子的面具，都掉了，都碎了，双方都现出了原形。呵呵，吓死宝宝了。原来这家伙徒有白头蝰的面具，瓤子里，却掖着赤子的心肠。这样说，不会挨揍吧？好在有诗为证，有案可稽。可参读组诗《文楼村纪事》。河南省共有三十八个艾滋村，其中，文楼村位于上蔡县。沈浩波去了文楼村，用诗，报道了真相，用怜悯、疼痛和怒怼，呼吁着更加广阔的人道主义关怀。真所谓：民间疾苦，笔底波澜。仅就后期写作而言，沈浩波有重器，亦有轻功，在长诗和抒情诗方面，他忽而展示了从来未被预期的某种能力——或者说犬牙交错的、合金的、比翼的两种乃至多种能力。残酷与爱，调侃与痛心疾首，轻佻与辎重，世故与一根肠子通屁眼儿，生猛与温柔，好勇斗狠与虚静，粗糙与婉约派，戾气与真气，好色与好德，崇低与崇高，肉体、快乐与思想性，构成了沈浩波的若干对经纬。可参读《蝴蝶》《时间到啦》和《秋风十八章》。从《秋风十八章》，原指望得到一卷洁本沈浩波，“风渐冷 / 菊花渐残 / 山色渐渐杂乱”，在这样的语势中，诗人却不断跑调，不断分心，以致终于写成了“狗日的”反抒情诗。“你的平衡中有不平衡吗？没有，那你又太平衡了。”沈浩波的写作史，反，正，合，堪称三段论。反是凤头，正是猪肚，合是豹尾。三者的交替，既有外在的突兀感，亦有内在的逻辑性。除了肉体法则，快乐法则，还当有生命法则和现实法则。所谓改正归邪，改邪归正，亦正亦邪，云云，都是瞎扯淡。那么，该怎样来小结呢？在谈到陀思妥耶夫斯基的时候，鲁迅先生的几句话，或许可以移用于沈浩波，“他……不但剥去了表面的洁白，拷问出藏在底下的罪恶，而且还要拷问出藏在那罪恶之下的真正的洁白来。”

诗话

写作是“发生学”的

韩东

诗何以伟大，因为其中容不下怨恨。怨恨会极大地败坏一首诗，至少在我这里这是真理。隽永的杰作转化我们的促狭和绝望。

诗歌可以抒情，但有一种“抒情”是抑制情绪。若无情绪的抑制，若无“压差”，在我这里诗歌就是失败的。允许压力之下的激射而出，之后复归于平静。兴奋是珍贵的，但不能因此而嚣张。悲愤不能是假设的，它得为真为实。而且，在一个好诗人那里，流露真情会伴有羞愧之感，更别说是以此炫耀了。

诗歌是一种沉默，字里行间，开始以前，结束以后。如果没有沉默之声的传递，伟大的诗歌是不可能的。

“他们”一路和“非非”不同。“非非”是形式主义、观念艺术，“他们”求新则是为了有效地表达。“非非”是极端主义，“他们”是个人主义。“非非”需要文本以外的阐释，“他们”追求无须解释的作品直观。当然，这是一种大概的说法。就上面的议题而论，“他们”中的于小韦是半个“非非”，“非非”中的小安则整个是“他们”。

有老外出版商问，如何能了解有价值的中国当代文学？我告诉对方，有各种不同的路标，政治见解的、名声上的、是否畅销等等；问题在于你想要了解的是什么？我所认为的价值只存在于文学意义的范围内，了解起来并不那么容易，需要多年的观察、沉浸和梳理。总之很辛苦。如此才可能建立起一个基本的坐标。

有提问者问及对当年的“断裂”怎么看？我答，很有必要，至少对我而言。只是当时年轻，采取了过分复杂的方式，对事情的总结也复杂、琐碎了。其实，文学这一块和当代中国其他的领域一样，最大的问题不过是腐败。

毛焰多次提到，要把画画得脏一点，破一点，难看一点。写诗也一样，在某个阶段上这是真的（真理）。当你听懂这句话，就已经处在这个阶段上了。听不懂就胡写乱画说明距离尚远。

何为诗？不是问概念或者定义，是说，在你的印象中实际上诗是什么样子的？抒情吗？词语或者意象的华美优雅吗？如果这些在今天已经不流行，被认为很低级，那么，高级的诗是什么样的？有一种一言以蔽之的洁癖，洁癖即诗，是不是这样的？在这样的背景下，把诗写得脏一点，破一点，难看一点，不啻为一种解毒剂。

在谈论死亡时我们谈论别的，在谈论别的时我们谈论死亡。这就对了，文章非直道。

……

理想的诗歌语言如光线般直接、透彻，又在“大质量的引力”作用下呈现弧度之美。寻找引力之源，而不是表达它。

都在谈论语言，但我们往往把注意力集中在语言的原子、量子部分，以为这是根本。所谓的变革就是更新这个基本构成，这就像更新建筑的基本材料可以造就卓越不凡的建筑一样，是一种幻觉。最基底的东西并非是最根本的东西，真正的神奇隐藏于构造之中，是无形的。

诗歌事大，不可半途而废。如果只是数量的增加，人到中年就是一种无聊。必须有质量的变化，不一定是提高质量，只是具有新质。如此写诗这件事才会魅力重临。

你所理解的最终极的那种诗还没有写出。一旦写出就可以罢手。虽然这是一个幻觉，但却是在实际进行中所必备的。应该心甘情愿满怀谦卑地在它的引导下继续。

古人并不古老，他们是人类早期的幼儿或者青少年。如果说，所谓的文化也存在进化一说，回顾源头以获清新的启迪便是必要的。相对于完善和深刻，我更醉心于古人的质朴和率真。这是就表达方式而言的，就文学的直接观感而言的。

在阅读中，我们为何会被庞大、复杂、艰深所震慑？说到底这些都是可见的衡量尺度，自然具有不可小觑的效果。当一个人丧失了判断必备的穿透力后，剩下的大概只有攀附外观这一种途径了。看出来的艰深只是一种外观，丝毫也不“深”。可见我们要求的并不是深度，只是一种恐吓或者被恐吓。

要朴素，再朴素更朴素一些。不是追求所谓的朴素的美感，是要尽量拆除那些伪装，包括朴素之美的伪装。

作为一个写作和思考者，尤其需要警惕拔尖的想法。按照西蒙娜·薇依的说法，如果有此想法随之而来的精力很快就退化了。

归根结底，通俗和非通俗的区别在于写作姿态，并不能以作品的成败而论。就阅读而言，通俗作品合作、顺从，甚至以迎合现实读者为目的。非通俗作品则拒绝、挑衅、挑逗，为难主流的阅读习惯，同样能激起莫大的情绪。一如恋爱中的人，你是扮演虐待狂还是受虐狂？也许只有深刻的默契才能超越这一关系。

作品中的人性是什么？就是人味儿，让你感觉到并感慨自己所具有的生活。应警惕善的不可企及和恶的匪夷所思。猎奇中缺乏人性。

……

将文学作为某种观念的执行，看似扩大了文学版图或者跨越了边界，其实是缩减。因为文学在原则上无所不包，有如宇宙，某种观念的演绎只是其中的一种可能。文学史的深广更接近文学的本意。

对作品的理解不可能没有自我经验的带入。完全相异的经验要么味同嚼蜡，要么让人反感。至善就是这样的一种经验（描写完人、圣人之不可能）。黑暗经验不然，在很大的范围和深度上是共通的，所引起的不适实际上不是反感，而是罪恶感。

你无话可说时才能说得好。没有目的，而滋润充沛。这个意思和帕斯捷尔纳克说的相反，他认为有话要说才“声若洪钟”。

某些事情上才智是可以互相转换的，画家写作，或者作家拍电影。但不是依恃已有的成功，而是凭借抵达这些成功所需的同样的敏感和专注。敏感和专注在某种意义上是同质同流向的。

不是作家要回应经典，而是，是否是经典由后来者决定。经典活在后来的写作者那里，他们甚至能使业已湮灭之作重回殿堂。跨越时间并不是经典之必须，它可以直接跃入此刻当下，通过后来者天才的写作。

在阅读之前存在一个由经典构成的经典书架，你可以此为参考制作自己的书架。需要抽出一些书，放进一些书。

分析作品是一些人的饭碗，或许能自成一类写作，但对其他写作者而言实无助益。写作是“发生学”的。好作品如何之好并不重要，重要的是它如何出现的，如何涌现于笔端的。与其分析作品，不如揣度人心（大师之心）。

发现不仅是针对已知的空白填补，也是一己的固执和再次发现。如法布尔的《昆虫记》。发现已经被发现的和发现从未被发现的一样卓越，如果花费了同等的力气。

对务虚者而言，需要强调写作是实干。对务实者而言，需要强调写作是观念。但无论如何，知见都不是最首要的。强调知见者往往缺乏实干，更无固执的超凡观念。

简单是崇高的美学。蓝天、碧海、红日、空无……或者出于原初，或者复杂得需要一言以蔽之。它并非是减省的结果，而是高度的概括、提示、跃动。

自恋是对写作的伤害。一个固执己见的人如果没有出人头地的愿望，就没有自恋的必要，实际上也不可能自恋。所以说，削减其欲望是关键；要不就别那么固执。

……

平时你尽管想，但不要落笔。构思在头脑里完成，但在过程中不要做记录。记录是某种固化，拆除起来很困难。那一团东西要保持柔软、易变，保持生长，直到真的成形。在那之前不要赋予它纸上任何可见的形状。

当你说不出任何新东西，恒常不变者即为新。新鲜欲滴在超越个人的时间起源处。

当语言用于准确地表达自会形成一种风格，这是一个应该不断重临的起点。所谓风格，可说是语言层面（或语言自身）的表达，也许很高级，但应视为某种表达对象的结果。回到事物、思想，描景状物，尽量朴素，笨拙亦令人艳羡。

初习写作的人，需要重视的是最基本的和最玄虚的（比如观念）。不高不低的东西则无助益。不高不低下的东西应在写作过程中经由经验获得，如此才贴切。在最基本的和最抽象的东西之间是一个广大的区域，其中的种种说法极易误人子弟或者自欺欺人。

排斥读者不一定就能做到诚实，有可能更不诚实。把写作设想成两个挚友之间的交谈，对方的智商高过你，但又能谅解你的笨拙和浅陋。

无情绪的叙述可行，无观点的则不可能。但观点即是一种“固化”的情绪，设想它是坚硬的，但不尖锐，就像墙壁半圆形的转角。

技艺之必要，在于它是一种集中注意力的方式，目的是“挤过去”。一旦驾轻就熟就了无所得。行货往往是光滑的，看上去异常完美，有一种制造感。就写作而言，油滑是大忌，花样百出的油滑更是可怕。根本的技巧在于全神贯注地追随生涩。

有意义的写作并非创世，而是轮回。无中生有的上半场是有中生无。来自源头，就像来自某种伟大传统的寂灭。既不延续什么，也不创造什么，更不嫁接，在那儿待着、呈现就完了。但要如实地。

如实地写，以我们的语言，我们的观察、思考和专注。接受交流，但拒绝诱惑。

一个初学者，无论在其他领域多么有造诣，写得磕磕巴巴、生涩幼稚，我都会觉得他有希望，在写作上有可能。反之，则没有可能。对具有任何资历的初学者而言，油滑都是大忌。油滑给人以一种行货之感，不经过大脑；但它的确可以骗人，更要命的是骗住了写作者自己。

都说，生老病死一个样，关键在于如何讲。但我真心觉得，最让人腻味的是故事的指向，而非讲故事的套路。

对作者而言，对语言的了解理应比读者多一点。而多出的那部分正好是如何阅读。读者不必了解如何写，但作者必须了解如何读。排斥对阅读的了解就是否认语法之重要。活的语法并非是一套规则系统，它首先体现在读的约定俗成中。破除常规以确认了解常规为前提。

我喜欢的黑存在于五彩之中

韩东

情绪是用来抑制的。文学中的优雅一如生活中的优雅。既无情绪又喊破嗓门，是双重的忌讳。也许，在一个点上被抑制的情绪会跳荡（由于太大的压力）一下，完全的被迫所以更加珍贵。

我这类写作属于抑制之道。但，有抑制之物才可能抑制。只有牧歌般的质朴会令我汗颜。最好的情况是质朴而抑制，像一个沉默的原始人。

写什么当然重要。比如说写一千字，你用什么把它填满？有人用学识书本，有人用经验阅历；有人用一手的东西，也有人用二手的。所谓的原创就是坚持用一手的东西，这也是属于怎么写的一部分。

难度是一种内在经验，不表现在外面。我们所见的外观上的难度大多出于某种炫耀，对作品而言是附加物。有时，这种附加物竟然成了作品的全部。习惯依赖附加的难度而惑人者最后落进了自己的圈套，目标变得降格以求。写作确有巨大的难度，但那是一种“轻易的艰难性”，或者“艰难的轻易”。

文学语言不应该是一种专业语言，不能成为某种圈子里才能理解的黑话。它应该是普适的又是自由的，便于被特殊的人性塑造，又被普遍的人性理解。

文学能力几乎等于叙事能力。语言、思想、学识、形式意识等等因素与叙事相比，其重要性都得靠后站。叙事是文学的基本功亦是最终的目的。文学在电影、戏剧甚至诗歌中举足轻重的地位不过是因为叙事，因为叙事之必须。也可倒过来说，影视、戏剧、诗歌中叙事的成败是其文学性成立与否的关键。

风格即缺陷。不是作品的缺陷，而是能力运用的缺陷。从这个角度去理解缺陷，满足于自己的所有所没有是尤为必要的。

文通句顺以使思想流动。对无内容者而言，文饰才是必要的，无论是以炫耀的方式还是以洁癖的方式。

……

即兴写作是对主题性写作的一种解放，我们曾迷恋于此。自觉的写作者，或作品主义者，终将转向主题性写作；主题性写作是其必然之路。

即兴写作发散能量，主题性写作凝聚能量。

主题性写作和主题先行没有半毛关系，它不过是有作品目标的写作。和作品体量也没有关系，但和写作的深入程度有关。主题性写作是严肃的、审慎的。

即兴写作和自然、真实也没有半毛关系。更危险的是它会堕落为一种表面化的方式。习惯性流产。

杀鸡焉用牛刀，但，习惯杀鸡后牛刀也就成了杀鸡刀。反之亦然。你要撂倒的东西将成就你根本的技艺。

关于功利。有一种立竿见影的功利，有一种无法兑现的功利。把功利推至最远处，遥不可及，实际上就免除了功利的干扰。

有一种追求效果的虚荣，有一种为失败而战的野心。宁要真正的野心而拒绝虚荣。

主题性写作具有针对性。面对一个问题、一种可能，或者就是吉尔伯特所说的“重要性”面壁凝神。主题性写作和阐释主题无关，但寻求答案，其过程和目的类似于解题。面对一个东西，要得到一个东西，这二者之间的关联和张力。我终于把它写出来了，终于抓住了……如此等等。

目的强于过程，折磨大过轻松。是一种避轻就重，而非相反。

几乎是一种责任。马克思言，无情世界里的感情。主题性写作就是虚无之事里的某种郑重。

……

文学性不会过时，人类永远需要故事，问题在于新故事的诞生，比语言形式的革新更稀缺。实际上一个具有原创价值的新故事，即包含了对形式方式的不同要求。

故事不仅是时间上的因果关系，也是人与对象之间的空间关系，包括人与人之间的关系。如此理解就和结构之类的说法相契合。需要记住，故事即关系。

写作需要知识，但绝非知识，它主要是由感知系统把握的事。你可以变得富于经验，但这经验最好是经过磨练越发锐利的敏感。熟练在此等而下之。

中国传统哲学基本上是一种停止了“进化”的哲学，由后人加以注疏、阐释，最好的情况下可借机发挥。这和西方哲学本质不同。中国近代有思想家，但无哲学家。思想家和哲学家不同，后者是在特定的专业系统内进行工作。西方哲学思潮对中国知识分子有很大冲击，但即使是高校专业出身的人，大多也只是运用已有的体系、框架对中国事务进行分析、解释，就哲学本身而言鲜有创造性的发明或者发现。

诗人和哲学的关系，在中国还不如说是诗人和思想的关系。

奥斯维辛之后不可能再写诗了。这不是冷静的思考，而是某种情感的表达。但情感所达到的深度有时并不比理性思考肤浅。目睹屠杀和疯狂的暴行后，不仅觉得难以理喻，对人生的意义升起怀疑和绝望，也会将某种虚无和恨意转向有价值的事物。相形之下，不只是写诗令人难堪，任何艺术、娱乐甚至爱情都那么地难以忍受。巨大的裂痕，一边是几乎无限的恶，一边是微不足道的善，的确无法形成正常的比例关系。

我喜欢保罗·策兰，但他无法被模仿，甚至受其影响都不可能。策兰特殊的气质和他的经历有关。接上面的奥斯维辛话题，世界的苦难总是需要具体的人承受；但是否承受，从来都不是一个理性的决定。对一些人而言，它的降临是不由分说的，并无选择或逃脱的余地。这是一种极大的不幸（有别于可选择）。事后的康复几乎没有可能，最多能维持表面上的正常。尤其是心灵敏感的人，面临的则是不可面临的真实，承受的是不可承受的恐怖。实在没有办法和这样的人比较才华。保罗·策兰的诗所发出的是一种碾压时被粉碎的声音。唯有叹息、致敬。

在限制以内做事。限制即舞台，特殊的舞台造就特殊的美学。对限制的认识即是对这个舞台的认识。把限制视为某种规则，在这一高度上去理解。

为什么存在自觉自愿地站队？文艺的或商业的，严肃的和通俗的，大众抑或小众……或许是想在对立中获得价值感和信心。但对立的价值不过是相对而言的。能不能没有敌我只有同仁？

我喜欢黑色，某种烟熏火燎的感觉。戈雅晚年的“黑画”、一部黑电影……黑，但不是暗。

我要的那种黑不存在于黑白之中，存在于五彩之中。

有话要说

伊沙

一位美国诗人（请原谅我未能记住他的名字）把诗歌在当代生活中的作用概括为“便条”。这是迄今为止我所听到的关于现代诗歌最懂行最具发现性的说法，只可意会，我不能按照我个人的理解去阐释它一个字。

便条的写作，只言片语的写作。不得不说的写作——这是今天的（请不要杞人忧天地说这是“最后的”）诗歌写作。

我的语言是裸体的。别人说那是“反修辞”。

有两种卫道士，一种是社会意义上的，另一种在我们行业内部，满嘴“诗”、“这是诗”、“那不是诗”的那路货色。

怎样鉴定一个诗人的“段位”？我分以下几个步骤进行：（1）看其代表作三首；（2）过了第一关的诗人我会去看他的一部诗集；（3）过了第二关的诗人我会去看他的所有诗集。如此下来，他属几段就一目了然。顺带说明，我也是这么鉴定并要求自己的。

我似乎被公认为是一个不讲技术的诗人。这真是一件让我经常暗中偷乐的事情，就让他们坚持这么认为好了！就让他们永远这么认为好了！我当然不会告诉任何一个人我是怎么在语感上做文章而让他们读来是如此舒服的，也不会说我进入一首诗的角度为什么这么与众不同，更不会写类似文章。我的技术不留痕迹，花招使在你看不见的地方，在这一点上我确实有点得意洋洋。

诗是四两拨千斤的事，有人理解反了还振振有辞。

出诗集是一件挺残酷的事情。我不是指它在今天基本已成为自费运作的形式——诗人们抽自己物质的血输给精神的局面。我指的是它那永恒的残酷性，当集子出版，你这一阶段的写作就被宣判了，被宣判的是岁月，是你永不再来的一段生命。

做一名伟大的诗人——不！还是做一名杰出的诗人吧！

读一位女诗人印制漂亮的诗集。从独白到独白，让我觉出了单调也感受到疲劳。独白只是方式的一种，但在许多诗人（尤其是女诗人）那里它变成了方式的全部。所有的东西能被写出来肯定已被“我”感知到，但不必事事都要回到“我”心里才能得以表现。独白，主观而自恋，难怪女人们喜欢……

如何在诗中用力？让力化为气，灌注在你的诗中。反过来，读者会从你的诗中读到一股气，充满着力。

有人以为口语诗很简单，提起笔来就能写，还说出什么一晚上能写多少首之类的鸟话。我所看到的事实是：正是那些在观念上反对口语诗的人在用他们的偶作败坏着口语诗。语言上毫无语感，回到日常却回不到现场、性情干瘪、了无生趣——所有口语诗的要素皆不具备，像一群大舌头的人。

“口语不是口水”——这话已在局部流行，说起来我是这话的发明者。现在我想修正这句话：口语不是口水，但要伴随口水，让语言保持现场的湿度，让飞沫四溅成为语言状态的一部分。

写诗用减法，写小说用加法。

在诗中减力，运气。

你目前最大的问题是语言没长脚，走不动。

诗中一定要有人的存在，千万不要一去了云南，诗就变成植物园。

真正的诗就是要激怒知识分子——这话我说的，于2000年的中国。

一个人和我谈起“诗歌的灵性”，我知道这样的“交流”其实不必进行下去：我之“灵性”指的是撬起货物的杠杆；他之“灵性”指的是货物上的商标。

如果拿一个人的身体作比，中国诗歌的重心太高了，像一个踩高跷的人。所以，我由衷地赞成降低重心的下半身写作。

就算你是从身体出发的，那就往前走，一直走下去，走到语言的深处去——其内部的万般奥秘正在等着你！走不下去的人，徒有赤裸之身，或返身投靠文化。

有人直言：我的诗歌有道理。我想对他说的是：你诗歌最大的问题就是道道太多，弯弯太少。一首真正的好诗的完成过程，应该是一次目的地明确却又不断出轨的旅行。

怎么活就怎么写——这是永远可靠的大诚实！

对环境和人生处境要敏感，你才写得好。

我发现，每个自恋者都厌恶他人也自恋，咱都爱上文学了就别说自恋是罪，行不？！

道德的鸡血一打，汝等骷髅满面红光！

我们正在让这个词在写诗的事情上生效——“年富力强”！诗歌不是“青春的事业”，小说更不是，文学是一生的事业！

诗肯定是要关注心灵、灵魂这些东西的，但哭着“心灵”喊着“灵魂”的方法已经不行了。

我从不喜欢观念性、概念性、阐释性、说明性的“诗”，认为这是对诗性本质的背离；我喜欢的是以形象、事件、场景、行为、动作来实施的自然呈现……

有时候，真实客观成了想象力匮乏者的通行证。而那种一提“想象力”就要和古代神话搁在一起谈的主儿，我也十分讨厌，什么“屈原一跳江，中国诗人的想象力就没了”云云。

知道你们喜欢美丽的大话、诗歌的真理、登高的代言，民族的种性使然——所以，我坚决不写这些！

我幸好是现在的样子，不是你想象的样子——那个样子的人一般都写神经质的抒情诗。

有人特别要强调我的诗“没意思”——这很有意思。

别以为诗是玻璃做的，我的诗是纯钢。

青春写作就要像青春写作的样子。青春写作没有留下经典者，往往天分不够。

我以平常心写诗，请以平常心读我！写诗，不止有技巧、功夫这一层，还有人、有心、有灵魂！

青年就像青年的样子，中年就像中年的样子，都很好，每一段写到无憾就好。

早起，得诗二首。写诗，对我来说，太容易，反而要小心。

好诗人，不是现实的镜子吧？这个姿势就不对。再说一句把老少伙伴都惊出心脏病的话：最伟大者一定不是现实主义诗人。

不要硬写一行诗，硬写即亵渎。

你写得太大了，应该学会写小诗。大不但是毛病，还是无能的表现。

把所有的诗都写成一首诗的，不是好诗人；把所有的选本都选成了一本的，不是好选家；把所有翻译对象都译成一种风格的，不是好译者。

早年我确曾说过“不为读者写作”这样的话，但在意识深处还是私自保留了这样一个愿望——“为明眼人写作”。但最好有着这样的一个前提：我不知他（或她）是谁，在什么地方，而且永远也不打算结识他（她）。

论真实

论真实

沈浩波

一切书面语的诗都通往某种不真实，只是不真实的程度各不相同，不真实的指向性各不相同。我这么说并非贬损书面语诗歌所形成的各种美学效果，很多美学效果也并非建立在不断向真实趋近的基础上，而是另有出发点和目的地。但对我个人来说，我的写作倾向于不断向真实趋近，甚至我愿意将此作为写作的前提。我当然不认为有一种绝对的真实存在，但不断向这种绝对趋近，并在趋近的过程中形成对现实的压力和张力，由此构成诗意，正是我个人写作中对于诗意的基础理解和追求之一。

口语诗对于天然和不矫情的无限要求，令它具备了通往真实的最大可能。这并不是说，口语必然通往真实。这还取决于不同的诗人对于真实的认识，对自我欺骗的伪真实的洞察，和在写作中不断向更真实的真实逼近的能力。事实上，正是由于口语天生的对真实、天然的本能要求，对矫饰、矫情、刻意、造作、经典化的本能厌恶，口语诗人的内心一旦偏离和远离真实，往往更容易被暴露，更容易显示出秃子头上的虱子般的简陋和粗鄙。

当一个口语诗人陷于过重的写作机心时，当一个口语诗人在诗中显得过于刻意，痕迹过重时，口语的魅力就会显得黯淡，甚至，口语内在的对真实、自然的需求会将这种诗歌衬托得面目可憎。更何况，口语诗中也有抒情表征强烈的口语抒情诗，口语抒情也会通往拔高、渲染、强指和为了塑造诗人个人形象而刻意强烈化的浪漫主义，这些更容易构成矫饰。

对客观于自我（外在于自我）的事物的描述，当然更有效于真实。但这至少不是我最想追求的诗歌。外在事物的真实无助于诗人在内心和精神层面对真实的探索和趋近。一种更难的诗歌是，从主观通往真实。写一种跟个人主观意志、个人生命经验、个人内在情感和精神强关联的诗歌，并在这个过程中，通过个人心灵、个人意志的澄清、辨析、反思、深入而不断向真实逼近。这需要在感性中建立理性，在主观中形成客观，在敏感中形成思辨，在绝对中形成相对，在热情中形成冷却，在流动中形成凝固。

而我所以为和追求的真实，乃是指心动的原点和事物的本质，以及本质的态度。

2018|12|03

绝对真实

盛兴

当我们谈论诗歌时，是在谈论诗歌还是在谈论我们自己？谈论诗歌，是基于诗歌这种了不起的文体，谈论我们自己，多是自诩和强加在诗歌上的过度敏感。大多数时候，我们谈论的是我们自己，并不触及诗歌。

我反对套用哲学宗教、社会道义、文化图腾、现世功利的观念代替诗歌观点，用比对映衬的方法从外部去谈论具体的一首诗。

这个世界上的一切，眼前之物，一定有另一种存在与之相映照，另有其名。我们的活着和蚂蚁的活着，与之相映照的是生命，海洋的存在相映照的是广阔和深沉，与高山相映照的是漫长的崛起，而与艺术相映照的就是美，文学就是文字之美，细而分之，小说是故事，散文是情感，而诗歌是什么？

活着，每个人深受感性特质所累，求明白、求解脱、求幸福自足，都是在求对一种真实不虚生命状态的仰仗。活着，时常受制于一种未被揭示的本原真实，所谓成长、生命之路不过是对这种真实的体悟连线。既使是最为愚钝的人，也知道真实是个好东西，而在艺术家内部只有选择把真实作为初心和终点的差别。一个诗人写出一首诗，这样一些分行的文字放在这里，它就是一首诗，而你读到了它，觉得它好，一定不是因为它离谱或云遮雾罩，而是感到了语言中陌生而坚定的真实存在——诗歌美学，一首诗的存在，另一种映照就是“真实”。

诗歌节制的语言，松散的结构，精致的面貌，决定了其必须有所飞升，有所凝结和闪耀，带给人的不是低徊地深思和费尽心力的考量，而是强烈突出的美学感官冲击。这个世界上无需你去思考和体悟，揣摩和感怀的唯有“真实”这样的一种美学。只有面对真实时，不可名状的感情得以确认，苦闷而错乱的内心得以救赎，沉积已久的生存迷雾得以驱除。而诗意就存在于我们生存的虚假模糊麻痹与真实之间，语言张力由此迸发。另外，小说的虚构经营体质，散文的主观自我特质，都决定了，唯有诗歌纯粹地将“真实”作为存在的底线。

新诗以来，几代诗人几乎都把诗歌的写作建在“真实”这个美学堡垒上，从抒情诗对真挚情怀的泛滥追求，到朦胧诗批判式的真理，到第三代诗人勇毅推进语言与现实的同频共振，使真实成为诗歌的常识与基准线。一直到今天，纯粹的口语诗写作者，把“真实”这一诗歌美学探索发展成一个更具历史和艺术价值充满生机和无限可能的生长体系，一个集大成的诗歌美学体系。从某种意义上说，中国新诗发展的路径就体现在对“真实”的不同观念和追求上。

诗人所苦苦追求和经营的这样一种叫做诗意的东西到底是什么？首先肯定的是，它一定不是一个平常意义上庸常的东西，而必须是非凡的，而这种非凡成就了诗意的普遍意义。普遍意义的诗意，不是隐喻、双关、通感等等修辞，不是歌颂、浪漫、抒怀、神性等价值导向，它甚至都不在我们现实生活的维度上，是一种更高层面的维度，是一种趋近绝对的真实，是可以用数学来解构的内部无限和谐的语言美学，也是可以贴近人群、生猛鲜活，带着时代脉搏和生命质感的现实美学，也就是语言和现实的科学。绝对的真实就是真实本身，是语言营构的科学状态，它稳定、极致，而对现实没有任何影响意义，不具现实功能性。电影《纽约公共图书馆》里有一句话，“科学就是现实的诗歌”，我宁将其说成“诗歌是现实的科学”，真实而非真相，真相可以由科学家来完成，而真实必须由艺术家来呈现，诗人是拥有呈现生命真实特异功能的人。

非常有必要把这个真实强力区分出来。我所说的这个真实，不是拷贝庸常生活的真实（最不真实的就是庸常生活），不是“源于生活而高于生活”的那个真实，也不是那种现实和自身紧密铸合的“真情实意”的真实，而是觉醒于语言，发轫于现实，滥觞于这个复杂时代，落实于诗人气力十足创作的真实。是韩东的“从马嘴里接苹果汁”湿漉漉地贴在身上饱含情感况味的超级真实，是伊沙的“一泡尿功夫就流远了”天、地、人同在绝对现场不假唱的底线真实，是沈浩波的“一把好乳”一记重拳打在脸上膂力强劲的生命真实，是轩辕轼轲的“三个没想到”纪实之中衍生人间万象的生存真实……

在诗歌写作的终极意义追寻之中，真实的绝对性自现，有意义或者无意义。但我们可不可以超过这个选择，不在超越之前意义的所在，也不在超越之后意义的所在，就在超越本身。而超越本身是什么，就是绝对客观的状态，就是绝对意义上的真实。这种真实没有对立面，并不面对虚假。没有对立面所以绝对，无意义所以真实，谓之为绝对真实。这个绝对的真实不容置疑，孤绝而不可动摇，不是非此即彼，不是二元论，而又要为这些活在庸常多元中的人所接受，因而绝对真实就是诗意。

沈浩波在《论真实》中说，“不断向这种绝对趋近，并在趋近的过程中形成对现实的压力和张力，由此构成诗意”，我认为这是一个对诗意极其精准的定位。从绝对真实来说，我们诗歌的诗意恰恰是相对于完美状态的一种“残缺”和“不足”。确立起这样一个绝对真实的状态，实际上就是确立起一个永远无法抵达目的的方向，而永远无法抵达，才是诗歌的生命状态、存活状态。

2018|12|12

论口语

我说“口语诗”

伊沙

“口语诗”这个概念在汉语诗歌的语境中头一次富于尊严感和挑战性的被提出来，是在上世纪80年代，在风起云涌的“第三代”诗歌运动中。此前，外在勉强具备这一征候（内在追求也许南辕北辙）的作品，要么被当作“百花齐放”的最后一朵，要么倍受歧视地被当作“历史个案”来对待，因此我从来都拒绝用所谓“白话诗”“民歌体”或上溯王梵志的方式来搅这个严肃的局。“口语诗”是一个现代概念，是现代诗的一大分支，并非有史以来所有具有口语倾向或口语化诗歌的大杂烩。

“口语诗”这一概念诞生的背景正是“第三代”主体诗人所带来的第一次口语诗浪潮，它由1982—1985年诗人们的地下写作实践（我视上海诗人王小龙写于1982年的《纪念》为“口语诗”的开山之作），通过1986年“两报大展”以及在此前后主流媒体对其做出的“生活流”误读而给予的肯定从而占得舆论的上风，它的新鲜感赢得了业内同行的追逐效仿，它的可读性赢得了一般读者的喜欢，1986—1988是“口语诗”写作迅速升温终至泛滥的两年，是“口语诗”的第一次热潮。

1989年是个拐点。历史的大事件与诗史的小事件终结了自1978年《今天》创办以来的现代主义诗歌运动。原本处于热潮中的“口语诗”一夜失语，让位给借死亡事件而甚嚣尘上的海子式的浪漫主义和古典主义，现代汉诗的发展出现了诗学上的倒退。广西民刊《自行车》上一幅“不许倒退”的画代表着当时有识之士的心愿。

整个90年代，“第三代”中幸存的以及新起的“口语诗人”借理论界盛行的“后现代热”来与“死亡崇拜”“历史崇拜”所带来的“知识分子写作”做舆论上的抗衡与对峙，用文本上的不断创新来完成从现代主义到后现代主义的演进（而非倒退回浪漫主义和古典主义），1999年爆发的“盘峰论争”正是这两大潮流十年对峙所积压的矛盾外化的典型表现。此后，以“口语诗人”为实体的“民间写作”再度占得舆论的上风，“口语诗”的风格特点和“口语诗人”的存在方式也十分自然地与新世纪到来后的“网络时代”相交，由此带来了“口语诗”写作的第二次热潮，这个热潮至今方兴未艾——如果不是这样，它不会成为一大热门话题。

据说，“第三代”是80年代在对“朦胧诗”的反动中来确立自己的，可是韩东在当年就曾呼唤“朴素”和“第一次抒情”；据说，“后现代”是在90年代对“前现代”的解构中来确立自己的，可是我在当年就曾强调“要说人话”——如此表述我是试图打破人们一谈及“口语诗”时那种不走脑子的“后置”思维，似乎永远是先有什么然后我们针对什么才做了什么。今天我们所谈论的现代诗范畴内的“口语诗”从来就不是一种写作的策略，而是抱负、精神、文化、身体、灵魂和一条深入人性的宽广之路，是最富奥秘与生机的语言，是前进中的诗歌本身，是不断挑战自身的创造。迄今近30年来，现代汉诗中的“口语诗”走过了自发韧到成熟的过程：前期带有欧化译体特征的拿腔拿调的叙述已经走入后期脱口而出气血迸发的爽利表达；前期以文化观念来解构文化观念的笨拙而机械的解说已经走向后期置身于生活与生命原生现场的自由自在；前期日常主义已经走入后期的高峰体验；前期语境封闭中的软语和谐已经走向后期大开大阖的金属混响——汉语诗歌也由此获得了一个强健的“胃”，由“口语”的材料铸成的一个新器官，它的消化功能开始变得如此强劲：一条由语言的原声现场出发，增强个体的“母语”意识，通过激活“母语”的方式而将民族记忆中的光荣传统拉入到现代语境之中，从而全面复兴汉诗的道路——已经不是说说而已的事，它已在某些诗人的脚下清晰地延伸向前——这是一条诗歌发展的康庄大道，它由所谓“口语诗人”踏出出自艺术规律的必然。

我曾发问过：既然我们“口语诗”老被“另外”拎出来谈，那么“非口语”又是什么形态的语言？书面语吗？书面语难道不是非原创的现成语言么？如果是这样的话，如果一个人的写作是无视并且回避语言的原声现场，他（她）在语言上的趣味不是关心泉眼何在而是拧开自来水管，我起码可以说这是一种抱负低下的写作吧。理论上辩不清的反对派通常会拎出几个门都没摸着的文学青年的浅陋习作来作为对“口语诗”的攻击，此种方式堪称下流，全然无效。

从浪漫主义抒情诗到现代主义意象诗再到后现代主义口语诗，西方人走过了几百年的路，台湾人从五十年代开始走后两个步骤，大陆人从七十年代才开始走，因为是在赶，用几十年时间走人家几百年的路，所以你会在一个时间段看到这几种诗型并存的“奇观”，这就是我们的现实。从国际上来说，我感觉现代主义意象诗与后现代主义口语诗还是并行存在的，只是写意象诗的一般都是老诗人，写口语诗的一般都是中年以下的，当然还有二者杂糅的风格。浪漫主义抒情诗几乎已经绝技，我想大家都会觉得：它很老土、已过时，这没什么可论证的。但让我感到奇怪的是：已经死亡的抒情诗，没有人骂，还常常被当做苛责其他形式的标准；濒临死亡的意象诗再难懂也没有人骂，还常常以有技术有难度自居，唯有口语诗，天天有人骂，时不时便抓住某个不入流的人物恶搞一下，但它却越活越旺，有着极强的生命力，成为世界潮流。或许是老被批评，“口语诗人”便很注重“口语诗”的完善与发展，拿我个人来说，新世纪这十来年的写作，在坚持口语大风格的同时，很注意吸纳并再造意象诗的技巧和跳跃性，这在我自《唐》已降的作品中，是不难看出的。我在编评《新世纪诗典》时发现：诸多漂亮的意象出自“口语诗人”之手，这是耐人寻味、引人深思的。

口语诗原罪——未遂的发言

伊沙

各位同行、各位朋友：

当我走上台的时候，你们是否闻到了我身上的一股子硝烟味儿？是的，我刚从新诗史上最大的一场论战的战场上下来——这是一场针对我个人、口语诗、《新世纪诗典》而发动的诗战，让我此时此刻在这里，不谈及与此相关的话题，就显得特别心虚特别矫情似的，也有负在座诸位聆听的期待，那就说说吧。由于时间关系，我只谈口语诗，我的主题发言的题目是《口语诗原罪》。

首先，请允许我为大家朗诵一首诗，一首我写于诗战初期的战诗：

口语诗人为何必须战斗

1999，世纪总结，骂口语诗
2009，新世纪第一个10年总结，骂口语诗
2017，新诗百年总结，骂口语诗
1999－2017，历年官方或学院年终总结，骂口语诗
2019，新世纪第二个10年总结，必骂口语诗，不骂没话题

是这样的吧？在座的都是饱读诗书身经百会见过大世面者，都是浸淫在中国当代诗歌中的内行人士，我没有无中生有吧？我没有小题大作吧？我没有危言耸听吧？我没有虚张声势吧？关于中国当代诗歌——不，是关于百年新诗的研讨会已经形成了一个恶俗不堪的公式：中国式

的两分法，先讲成绩——成绩是百家的成绩；再讲问题，问题是一家的问题——这一家，当然是口语诗！或者口语诗的某个分支！你们觉得有劲吗？你们不觉着你们在逗自个儿玩吗？这就是中国诗歌界认识问题的水平吗？这么多的诗会，这么多的发言，这么多的文章，包括此次诗战中汹涌而来洪水猛兽般的批判言论，有几条对口语诗的批评是说准的、有效的？听你们说还不如听我说，说说口语诗的原罪，说说批评者自己看不见的他们的开裆裤开在了何方……此处应有笑声！

口语诗一宗罪：古汉语太古老太早熟，是靠手口分离电报体完成其早熟的，催生了上古的华章，也留下了巨大的不足与隐患。

口语诗二宗罪：大一统的帝制下，变革太稀少太微小，全都积压到了辛亥革命后的五四运动，五四作为一场白话文运动，表面上看很彻底，但因为靠的是教育部的强制推行，并没有解决民众——主要是知识分子思想根子上的问题。

口语诗三宗罪：极左时代太封闭，改革开放来得猛，所谓“40年走完别人400年的路”，很不靠谱，食洋不化，消化不良，经常拉稀。连意象派与浪漫主义的区别都没搞清，更别说在观念上接受口语诗了。

口语诗四宗罪：口语诗的文化背景是后现代主义——这是中国人最不能够接受的东西——全方位抵制。

口语诗五宗罪：口语诗是城市文化的产物，是咖啡馆摇滚乐文化，中国知识分子在思想上还没进城，属于农转非阶段。

口语诗六宗罪：这是林语堂先生早就发现的：中国人没有幽默感，尤其不能忍受诗歌中的幽默，诗一幽默便被指斥为“段子”，他们一直以为“诗可以兴，可以观，可以群，可以怨”，就是不可以乐，不可以玩，不可以开心。

口语诗七宗罪：中国人多，总有例外，缪斯女神赐天才与能者于中国口语诗，将拿来与创造合一，走得远又写得好，硬把羊肠小路踏成康庄大道，硬将边缘地带拓成主流广场，硬让阴湿低地耸起万丈高峰，于是，口语诗的罪就在于它的火！不火他们骂个啥？

好了，就说这些。

2018年冬

口语诗、民间立场与平民主义

沈浩波

一　作为一种世界观的口语

总体来讲，精神上更偏向于传统、经典、保守和精英主义的诗人会更趋近书面语，尤其是受象征主义和意象派浸染较深的诗人，至于受现代主义之前的西方浪漫主义诗歌和社会主义诗歌美学影响的，那就太业余了，不值一提。而更先锋、更自由、更反叛，更认同后现代主义美学，更反对精英化的诗人，一定会选择口语。所谓形式即内容，正是这个意思。

而从体制来讲，中国当代诗歌大致有三种体制，民间体制（反体制，但亦在反体制的价值观下构成体制）、学院体制（带有知识分子特性的精英体制）、主流官刊体制（价值观最落后，但最有权力和钱，整天开会发奖的那个体制）。这三个体制中，民间立场的诗人大致会选择口语或更清晰显明的书面语；学院派会选择更复杂的书面语以彰显其精英气或选择更趋近崇高的带有一定口语感的书生式语言，为了增加语言活力，学院派也纷纷用口语入诗，试图进行语言的基因改造，但这与口语诗相比显得太矫揉造作，失去了口语本义，又失去了书面语的纯粹，反而不好。至于官方体制，普遍还在采用最落后的大而无当的抒情体书面语和口语揉杂的不伦不类的语言，既试图亲民，又试图煽情感人，还要装腔作势。

形式即世界观，语言即世界观。举例而言，80年代中期的于坚，作为“他们”派的一员，是平民主义诗歌精神的早期践行者，也是早期口语运动的代表人物，是先锋派，他当时当然会写口语诗。但现在的于坚，就不再是一个口语诗人了，他也不可能再写口语诗，他必须用书面语，因为他成了一个东方王权主义者，国故主义者，他把自己想象成了文化国师之类的那种大知识分子。我们姑且不必驳斥其虚妄。但语言即世界观，在他身上体现得再清楚不过。世界观一变，他就不再口语，就这么简单。这样的例子比比皆是。

而没有受过从象征主义以及欧美现代主义和后现代主义诗歌洗礼的所谓写诗的人，皆为业余爱好者。对现代诗歌和当代诗歌的发生逻辑和价值伦理一无所知，就不要跑出来丢人现眼地讨论什么口语诗了，你们连书面语都没弄明白，连现代主义都没弄明白，谈什么谈？拿什么谈？

二　永恒的民间立场

什么是民间？民间就是体制外。什么是民间立场？民间立场就是非体制。我们讲的是文学艺术范畴内的体制，是精神层面的，不是社会意义上的体制内体制外（有些白痴会流着哈喇子喊：那很多诗人还在国立中学当老师呢？有的诗人还是公安局长呢，他们难道不是体制内的人吗？遇到这种白痴最好别跟他们讨论严肃问题，打一顿赶走就行。）

什么是文学艺术范畴内的体制，就是某种由既有社会秩序或文化秩序赋予的权力组织体系，并在这个权力组织体系内生长出符合这个权力体系和权力规则的文学艺术标准和秩序。

在中国，有两个最大的文学艺术范畴内的权力组织体系。一是主流官方刊物体制，通过大大小小的官方杂志报纸以及各种主流奖项、主流文学会议等组成，高度组织化和制度化。二是学院体制，由数目众多的大小高校，高校里的学术体系（职称体系、师生关系体系等），同样构成了巨大的话语权力，其所形成的标准和秩序也越发围绕话语权力而进行。

从正常的文明逻辑来讲，学院体制与主流官方刊物体制应该势不两立，学院的知识分子道德精神从来都只能是主流体制的对立面，这是不可被调和的最基本的知识分子伦理价值观。但在中国，在金钱、权力、人情世故的三重侵蚀下，在知识分子精神和学术独立精神越发沦丧的大背景下，学院体制的诗歌也正很难幸免地被主流官方刊物侵蚀和吞并，这两者的媾和使得学院派知识分子诗歌体系大规模庸俗化。最具体的例子莫过于黄怒波对北大诗歌和主流官方诗歌的双重侵袭，以及首都师范大学的驻校诗人选拔机制完全官方化。在主流官方诗歌的侵蚀下，本应多少有点儿冰清玉洁感的学院派诗歌正在变得又土又俗。

选择民间立场，对于被动者来讲，是选择了自绝于以上两种体制，对于主动者来讲，是选择了非体制！这是一条孤绝之路，最大程度地考验着诗人的内心。这既是一种文学价值观的选择，也是一种基于道德操守的选择！如此强悍的选择，当然会付出代价，这个代价就是孤独。

人有依附权力的本能，因此就有依附体制的本能，民间当然也会体制化，一旦体制化，也会露出令人憎厌的嘴脸。但无论如何，它和主流体制、学院体制都有根本区别，它永远是建立在自由、反抗和个人主义基础上的。更何况，民间是一个广泛的概念。我在民间，我是民间，我的敌人也在民间，也是民间，如此甚好。

“在艺术上我们秉持永恒的民间立场”，这是一句带给过我力量和勇气的话，印在上个世纪末到本世纪初杨克主编的《中国新诗年鉴》封面上。这句话是谁发明的？是年鉴的幕后推手于坚、韩东？还是年鉴的理论家编委谢有顺、张柠？我猜是韩东，因为这句话水平太高了！但当时年鉴的一堆诗人和批评家编委，有几个保持住了民间立场呢？更别提永恒的民间立场了。可见这条路有多难。

三　我承认，中国诗歌现在最大的问题就是口语诗

这几天看到了这么一个言论，说当前中国诗歌最大的问题，就是口水诗泛滥成灾。我觉得说这话的人太客气了，太羞羞答答了，你还不如干脆说，当前中国诗歌最大的问题，就是口语诗的问题。对此，我举双手赞同。

但我还想把这句话补充完整：当前中国诗歌最大的成就，也正是口语诗的成就！

难道不是吗？正是因为口语诗充满活力，一直在创新，一直走在美学革新的最前沿，并且写口语诗的诗人越来越多，早就不是星星点点，而是已成燎原之势，所以它才成了当代中国诗歌最大的现象，逼到了所有人的眼前，对此心怀厌恶者，尚难适应者，担心害怕者，当然觉得口语诗已经成了大问题，都泛滥了，这问题还不大吗？太大了；暴露出的问题能不多吗？太多了。但反过来，自新世纪以来，快二十年了，口语诗一直就是中国当代诗歌最大的现象，口语诗引发的争论一茬接一茬，口语诗的美学创新不断发生，新锐诗人如雨后春笋，90后00后的诗人出手即口语，已成常识！这么大的现象，这么长时间的发展，这么多的年轻诗人涌入，请你用脚趾头想想，当代中国诗歌的最大成就是不是口语诗的成就！

话不能讲半句，只讲半句者，要么是真傻，要么是真坏！新世纪以来中国诗歌的最大问题，就是口语诗；新世纪以来中国诗歌的最大成就，就是口语诗！新世纪以来中国诗歌的最大现象，就是口语诗，新世纪以来中国诗歌的最大话题，就是口语诗！

作为一个多元论的拥护者，我其实特别关心和期待中国当代非口语诗歌的发展，对此简直操碎了心。我是真希望那么多非口语诗歌的写作者，多少也能争口气，写出点儿像样的东西，丰富中国诗歌的生态，别让口语诗一家独大，建设一些新鲜新锐的美学，多少也能出现一些锐意创新的诗人，但是，这么多年过去了，有几位呢？在哪里？学院派全面

沦陷，知识分子写作越写越像骗子，有些著名诗人声称只会写长诗，不会写短诗，只会写大诗，不会写小诗，这种人绝不是诗人，一定是骗子！凡是声称自己只会写长诗，不会或不怎么写短诗的，都一定是骗子。他们的长诗就是一种文化行骗的道具，太好用来行骗了，而且只要骗住一些学院里的学者教授就行！扯远了，对于新世纪以来中国诗歌中的非口语写作，我确实有些恨铁不成钢，我经常忍不住想替他们写，替他们完成他们应该负起的汉语责任。无论如何，我都希望当代的非口语诗歌写作，能够不蒸馒头蒸（争）口气，把自己写成当代诗歌的真正问题和真正成就，别在文本上自我边缘化，将大好河山拱手相让，写不过就哭鼻子，或者用各种文化策略自我包装，你就是全身上下裹满糖纸，剥开一看还不是一堆稻草吗？

四　这是一个口语诗的时代

随着当代中国口语诗歌的进一步成熟，口语诗歌具备了《诗经》以来，中国诗歌所能具备的最大的题材处理能力。

没有任何题材、任何事、任何物，任何念头想法、任何洞察判断不能入诗，没有不能实现的诗意，没有不包含诗意的瞬间。开放和自由是需要能力的，在中国几千年的诗歌史上，中国诗人第一次具备了这么强大的题材吞吐和处理能力。

当中国诗人意识到，活着的每一个瞬间都拥有诗意的时候，并且进一步认识到，生命与生活本身，就是诗意诞生的最有效载体的时候，生命的过程，就是诗的过程的时候，诗歌写作就变成了诗人的日常。每天都在写作，每个瞬间都可能感受到生命和生活赐予的诗歌。诗人们并且进一步意识到，诗人的生命质量与诗歌写作之间构成了一种相互作用，生命质量越高，生命中的诗意含金量就越高，而写作能力和意识的提升，反过来又令自己的生命感觉变得更丰富敏感，从而更有质感。

口语诗歌的成熟，又令汉语诗歌的主流命题，从现代性转向当代性。口语诗歌更能容纳当代都市的现场经验，更能容纳诗人即时的生命体验，令当代汉语诗歌具备了成为中国诗人生存现场、心灵现场和生命现场的可能性。而这种当代社会的生存现场感，以及独属于当代人的现场生命感受，构成了汉语诗歌的当代性。那些无法承载当代性的诗歌，相形之下，就显得传统和陈旧。

口语诗的成熟和普及，使得自古以来形成的，令中国诗歌掌握在少数文化精英手中的贵族化语言失效。无论是中国古典诗歌的士大夫语言系统，还是现代以来的学院书面语系统，语言本身即为诗歌设置了一个“语文”的门槛。而鲜活、生动的，来自火热现实生活现场的，社会各阶层使用最广泛的，描述范围最广泛的日常口语则往往被视为“粗鄙”。口语诗歌运动则认为，日常口语是一种最活跃的语言，诗歌的高贵与粗鄙应取决于诗人的心灵，而绝不是按照社会阶层来设置门槛。

打破了社会阶层门槛的当代口语诗歌，令诗歌从少数“语文”精英的垄断中走向了某种诗歌的民主。诗人本来就应该是跨越一切社会阶层的存在，决定一个人从社会人群中脱颖而出成为诗人的，首先应该是“心灵”，而不是教科书系统所塑造的书面语“语文”能力。

新世纪以来，很多优秀的诗人从社会各阶层涌现，几乎所有的社会职业中都在不断诞生新的优秀诗人；无论是一线城市，还是二三线城市，还是乡镇和偏远的农村，都在涌现新的优秀诗人。他们用新鲜生动的口语，贴着自己的生活和命运写诗。他们几乎写出了一部完整的当代中国“心灵史”，如果将这些诗歌编辑成一本《中国诗篇》的话，人们会惊讶地看到——整个中国的心跳。来自各个阶层、各个地域、各个年龄，击穿生活的现场，直达人生的底座、洞悉人性的幽微。

为什么我说“口语诗是一种世界观”

西毒何殇

为什么我说“口语诗是一种世界观”？因为没有这种世界观的人，就相当于不在此世界，接收不到口语诗这个频率的信息。

据说，宇宙有个终极的法则，即“同频相吸”。具有相同频率的事物，无论多远，无论多久，只要条件具备，迟早都会共振。具有口语诗这种世界观的人，即使从未接触口语诗，可一旦机缘成熟，就会被激活，从而恍然——“这才是我要写的诗”。

相反，不具有此种世界观的人，就接收不到这个频率的信息。所谓“夏虫不可语冰”，表达的就是这个理。此类人，与口语诗世界是相隔的，这种“隔”比吃饺子蘸醋还是蘸酱油，粽子吃肉的还是素的，豆腐脑是甜的还是咸的要大得多。这其实也是存在主义第一原理——人与人是无法沟通的。

从本质来说，审美是你接受信息的幅度。文学艺术的发展过程，就是一个不断拓展美学边界的过程，先锋者孤军深入，不知多久以后，跟随者才姗姗来迟，这个幅度永远不可能同步。不要说反对口语诗的人，就是很多口语诗作者，甚至被业内认定的“口语代表诗人”，对一些触碰边际的口语佳作都会怀疑，甚至无感。

所以，那种趋于经典性的写作，其实是在国境线内的安全写作，即便看上去词句再刺眼，观念再出格，有先贤护佑，也是安全的。当然，并非安全的写作就不对，匡胤本无四方志，也能把大宋经营好。而是身为创作者，既然我们忠诚于“创造”，不管我们自己能不能做到，都应该把更多的敬意，给予那些深入恶土的拓荒者。其实除了敬意，我们也给不了他们太多。对开疆拓土者而言，他们的风险无法预知。醉卧沙场君莫笑，古来征战几人回？

“神和国王都有痛苦的秘密，那就是——人是自由的。”（萨特）口语诗人几乎都是自由主义者，他们以己推人，会认定别人也是自由的，就想当然以为所有人都能理解“简单”的口语诗，遇到不理解的人就心急如焚，想方设法要让其改变对口语诗的偏见。事实上，人是自己行动的结果，如果想改变，必然要接受一些东西，同时也要失去一些东西，这是个取舍抉择的过程。是取还是舍，取什么舍什么，就是三观。

也有部分人说，随你们争论去吧，我理性、中立、客观、不选择。其实不选择就是选择了不选择，这是任何人的自由，随他去吧。

口语诗人的写作，遵循金斯堡所说“写你看到的，不要写你想到的”。他为什么这么说？因为大多数人，尤其是写作者，其实并不信任自己的眼睛，而是相信自己的脑浆，以为想象力比观察力要高级。相信自己脑子里的“思想”，要比世界发生的还要深刻；相信自己脑子里进的水，要比水变成冰还深刻。这似乎也是无解的难题？

再进一步说，“看见”也是有门槛的，人之所以看见，是因为他想看见。对那些不想看见的人，视若无睹，说破天也没用。再好的口语佳作，对其来说，只是几行简单的文字排列，理解如此之难，遑论更高级的东西。比如口语诗人们追求的“五百常用字写作”，于很多人而言，就是低幼文字游戏。人们嘲笑孔乙己执着于茴香豆的“茴”有几种写法，却不想转眼之间，自己已成戏中人。如此种种，不在意料之外，更在情理之中，好的口语诗人，都是通透世事的人，但对此并不沮丧。不是一家人，那就不要进一家门，没入门的人，何必看见？

世界是荒诞的，口语诗人殚精竭虑写让普通读者看懂的诗。结果，他们看懂之后说“这不是诗”。我们深知“不可言而与之言”是一种不智，可是源于自由的善良，却经常让我们把太多的时间，花在向人解释“冰究竟是什么”上。虽然明知不是一个信息频率，解释都是无效的，可诗人的存在，不就是专干这种“明知不可为而为之”的事吗？

正是在这个过程中，本来一无所有的口语诗人，慢慢发现了自己，看清了自己，界定了自己，成为了自己。因为我们见过冰。

“口语诗”二十一条

西毒何殇

此文旨在以碎片化的方式，厘清一些“口语诗”的基本概念，抛砖引玉，接受质疑，可以反驳，于争论中，起到在一定范围内普及口语诗的作用。

1．也许每个时代都有属于自己的口语诗，但我们此时此刻说的“口语诗”是专指“后口语”。脱离时代来说口语，毫无意义。一万年以后的口语诗，绝不是我们现在为之战斗的东西。

2．为什么是“口语”？就是有别于“书面语”。不同地域、不同时代、不同个体都有不同的口语，却会使用相同的书面语。使用口语创作，更符合个人表达，也更尊重个体。

3．每个人都有自己的“口语”，但如果就此说“每个诗人写的都是自己的口语诗”，恐怕大多数诗人都不会同意。因为在口语诗之外，还有其他类型的诗。

4．比如表现自己情感狂热、想象瑰丽的浪漫主义诗歌；表现自己对社会观察力强、有思考的现实主义诗歌；表现自己能把瞬间情感用形象准确呈现的意象主义诗歌；以及表现自己书面语修饰能力强的修辞诗歌……如此种种，不一而足。这些都是文学常识，不再赘言。如果对这些都没有基本的理解，后面的话说了也没用。

5. 上述这些思潮（流派、风格），其实是个逐步演进的过程，在其各自所处的时代，都是先锋，都有自己的对立面，都形成了自己完整的价值体系和独到的美学标准。举个不算太恰当，但比较形象的例子，类似从唐诗，到宋词，再到元散曲。非要说唐代有没有词？元代有没有诗？当然有，但不是当时的主流成就。

6. 把视野拉远来说，无论唐诗、宋词还是元散曲，以西方的标准来看，都属于诗。就像国内大多数非专业读者读维吉尔、华兹华斯、济慈、弗罗斯特、艾略特、策兰、阿赫玛托娃、聂鲁达，史蒂文斯……反正都是外国诗人，并不关心其年代和风格。

7. 但从文学专业内部来看，文学的演进是有清晰脉络的，且这种演进也不是凭空而来，而是与社会思潮和文明发展相一致的，演进并不可逆。随便翻一本主流文学史都说得很清楚。

8. 中国的情况比较特殊，中国用几十年的时间行进了西方几百年的路，从农业时代到工业时代，再到信息时代的今天，也许物质文明已经现代化到足以与西方并驾齐驱，但精神文明绝非一蹴而就的事。在复杂纷乱的社会文化背景下，各种新旧思潮和美学标准齐头并进，相互纠缠、抵触、摩擦、吸纳，因为各有各的存在空间和理由，所以互相之间并不能说服，甚至都没有交流的地平。这与中国当下社会发展阶段也是相一致的。

9. 在如此背景下，说口语诗好，大部分人都听不顺耳。凭什么？为什么？你说好就好？你是谁？你算老几？如果你对照西方文学发展的脉络，那就会招来异样的声音——西方的东西无需参照，中国文学要走自己的道路……这与中国当下的现代文明水准，也是相符的。

10. 而在这样的环境里，口语诗为什么引起的争论最激烈？因为它戳到了中国文化的软肋——乱象，其实乱没什么可怕，它正是后现代的特征——上帝死了，群魔乱舞，百鬼夜行，但它与中国人长期接受的教育背道而驰。但天道有常，不以尧存，不以桀亡，不管你爱与不爱，乱象已成，在其他表达方式纷纷失效后，口语诗应时而生，成了表达乱象最恰当的方式——碎片。

11. 一百多年前，惠特曼在呼吁美国作家应该“碎片式写作”。他认为，欧洲人对“有机整体或组合”具有天生的意识，只有通过对悲剧的反思，或对灾难的体验，才能获得碎片意识。而美国人对碎片的意识与生俱来，因为美国本身就是由各个加入联邦的国家和移民构成的，到处都是碎片的汇集。

12. 后现代哲学家德勒兹如此阐释惠特曼，美国把最多种多样的少数民族结合为“充斥着不同民族的国家”，使得美国文学成为一种卡夫卡所说的“次要文学”——少数派文学，使任何私人写作，都能成为“民族问题”。即使最简单的爱情故事，将国家、民族和部落置于其中，最个人的自传也必定是集体的。这是一种“民众文学”，由人民和“普通人”，而不是由“伟大的个人”所创造，就像是美国的建立。（参见德勒兹《批评与临床》）

13. 吊诡的是，建国几十年来，中国文学界一直呼吁大作家大诗人书写民族、歌颂人民、刻画时代，什么整体主义、神性主义、大诗主义……口号看上去一个比一个正确，可是结果呢？且不说诗，只就国人爱读的长篇小说来说，真正成功书写民族，歌颂人民，刻画时代的作品，有几本超过了上世纪三十年代美国人赛珍珠的《大地三部曲》？

14. 当然，上面这段话与诗没有直接关系。我要说的是惠特曼的“碎片式”写作，在中国当下却遭遇了众口一词的抨击。似乎一提碎片，就是浅薄，就是罪过，就是“三俗”。与另外一个词“解构”，有相似的遭遇。象形字就这么一点不好，看见“解构”，就马上联想到拆解，接着是拆毁，接着是毁坏，接着是破坏……真不是这意思。

15. “解构”这词据说是钱钟书翻译的，严谨点说，应该是“结构分解”，就像科学家把原子结构分解为原子核和电子，并不是要拿把斧头去破坏原子。解构并不是要拆房子，所以不存在拆了之后怎么办的问题。

16. 解构哲学源于尼采，其本意是反叛传统哲学，打通哲学和诗歌，让理性和上帝所代表的道德，不再成为人性解放和追寻终极意义的障碍。杀死上帝，人类不需要见证者、审判者和救赎者，人类就是自由意志本身。通俗点说，就是扼住命运的喉咙，我命由我不由天。作为人，只遵从自己的意志，直面自身的命运，用自己的语气说自己的话。我手写我口。

17. 对既有的由权力制造的观念、普遍话语、集体意识发起反抗和争论，解构不是否定，而是再讨论。这种再讨论，是拒绝被设定，反对中心主义。反对并不是凭空而生的，德里达提到“欧洲传统之所以能够被解构”，是因为在欧洲发生的事——专制主义、纳粹主义、种族屠杀、清洗犹太人、殖民化等等，都是中心主义观念导致文化的僵滞出现的罪恶。而这些，并不仅仅局限于欧洲。

18. 上述这些概念，无数学者和研究者都有深刻的论述，远不止我写的这么浅白，但这么浅白的说法，有助于我们进入并了解后现代。“后现代”并不像一些人理解的恶作剧，而是出于一种深切的责任感。

19. 正是这种责任感的驱动，才让诗人把“口语诗”这个概念继续精确化，根据其不同发展阶段和美学特征，精准划分出“前口语”和“后口语”。

20. 我并不想机械地列举几个硬标准，来划分前后，只举一些文本例子，用心的读者应该能体会到其中的区别：

前口语诗是生活流（于坚《尚义街六号》），后口语诗是生活片段（伊沙《9.11心理报告》）；

前口语诗是“我们”的（韩东《有关大雁塔》），后口语是“我”的（朱剑《新居》）；

前口语诗是概述的（李亚伟《中文系》），后口语诗是个别的（西毒何殇《医院最好看的女人》）；

前口语诗是抽象的（杨黎《撒哈拉沙漠上的三张纸牌》），后口语诗是具体的（马非《两条毛巾》）；

前口语诗是情境的（王寅《想起一部捷克电影想不起片名》），后口语诗是情景的（王有尾《怀孕的女鬼》）；

前口语诗是抽离的（阿吾《相声专场》），后口语诗是在场的（艾蒿《玩伴》）；

前口语诗是精英的（于小韦《火车》），后口语诗是平民的（梅花驿《牛×》）；

前口语诗是仪式的（王小龙《纪念》），后口语诗是戏谑的（李勋阳《皈依》）；

前口语诗是情怀的（姚风《南京》），后口语诗是情趣的（宋壮壮《脱发治疗经过》）；

前口语诗是浓烈的（琳子《那东西》），后口语诗是天然的（游若昕《虚惊一场》）；

前口语诗是含蓄的（何小竹《10月9日在王建墓》），后口语诗是直面的（沈浩波《玛丽的爱情》）；

前口语诗是周延的（默默《为上帝补写墓志铭》），后口语诗是截取的（起子《茶古天主教堂前》）；

前口语诗是经典主义的（邵春光《太空笔》），后口语诗是即兴的（江湖海《那几年》）；

前口语诗是感受的（京不特《瞄准》），后口语诗是体味的（杨艳《把他挂在风雨中》）；

前口语诗是凝思的（胡冬《我想乘上一艘慢船到巴黎去》），后口语诗是即视的（侯马《吃灯泡》）；

前口语诗是杂糅的（吉木狼格《爱情和马》），后口语诗是纯粹的（伊沙《鸽子》）；

前口语诗是轩辕的（《阴间也有愚人节》），后口语诗是轼轲的（《你见过大海》）。

21. 至于把“口语诗”说成“口水诗”，既是象形字恶意联想的结果，又是一犬吠形百犬吠声的跟风，正经人应该不会这么干。至于口水的存在有没有必要，那又是另一个话题，请咨询医生。

图书在版编目（CIP）数据

中国先锋诗歌年鉴. 2018卷 / 沈浩波主编. -- 北京:
中国青年出版社, 2019.7
ISBN 978-7-5153-5688-4

Ⅰ. ①中… Ⅱ. ①沈… Ⅲ. ①诗集–中国–当代
Ⅳ. ①I227
中国版本图书馆CIP数据核字(2019)第136563号

责任编辑：彭明榜
监　　制：里　所
特邀编辑：李柳杨　修宏烨
装帧设计：周伟伟
版式制作：书情文化

中国青年出版社　出版 发行
社址：北京东四 12 条 21 号
邮政编码：100708
编辑部电话：（010）64011190
河北鹏润印刷有限公司印刷　　新华书店经销

889mm × 1194mm　1/32　17.75印张　460千字
2019 年 7 月北京第 1 版　2019 年 7 月河北第 1 次印刷
定价：98.00元

磨 铁 读 诗 会